날은 흐려도
모든 것이 진했던

날은 흐려도
모든 것이 진했던

박정언 에세이

오 래 된
우 편 함

꿈에 오래전 살던 아파트가 나온 적이 있습니다. 낡은 대단지 복도식 아파트로 유년기를 모두 보낸 곳입니다. 다시 찾은 아파트는 아무도 살지 않아 텅 비어 있었는데 우편함만은 터질 듯이 꽉 차 있었습니다.

우편함 입구에 쌓인 전단지를 버리고 먼지를 쓸어보니, 두꺼운 편지들이 손에 한가득 잡혔습니다. 빛바랜 편지라 보낸 사람의 이름조차 지워지고 없었지만 단번에 알아챌 수 있었죠. 과거의 제가 보낸 편지들이라는 걸요.

오래된 편지를 읽어내려갔습니다. 어떤 편지는 글씨조차 알아보기 힘들었고 어떤 편지는 도무지 이해하기 힘든 내용으로 가득했습니다. 이런 생각을 했다니, 이런 일이 있었다니, 무엇보다도…… 이게 나였다니.

꿈에서 깨고도 한참 동안 편지들이 머릿속에서 떠나질 않았습니다. 이 우편함은 지금의 저를 깜짝 놀라게도 민망하게도 하지만, 동시에 가장 애틋한 기분을 느끼게 합니다. 이제는 달라지거나 사라져버린 마음들이 처음 모습 그대로 담겨 있기 때문입니다.

이 책을 펼친 분들 역시, 어딘가에서 조용히 당신을 기다리고 있을 오래된 우편함을 떠올려볼 수 있기를 바랍니다.

차 례

1부. 소리의 세계

2부. 혼자서 말 걸기

3부. 멈추어 듣다

4부. 안녕 나의 세계

1부

소리의 세계

잃 어 버 린
대 화

조그마한 편집실에 앉아 조그만 모니터를 바라보며 산소가 부족해 몽롱한 상태에서 두세 시간을 보냈다. 비디오가 사라진 세상이란, 쳐다볼 것이 없는 세상이란, 눈을 감아도 되는 세상이란. 가끔은 어딜 쳐다보며 편집을 해야 할지 어색하고 당황스러운 기분이 든다.

라디오 편집이란 게 결국은 말을 편집하는 거라, 남들의 말을 오래 듣고 있으면 가끔 내가 나눈 대화들이 불쑥 떠오르기도 한다. 뜬금없이 우스웠던 순간이나, 누군가가 말도 안 되는 언어유희로 좌중을 마비시켰던 그런 순간들. 대화와 대화 속에서 생각이 오고가는 것을 느낀다거나, 대화

덕에 즐겁고 고무된다는 느낌을 받았던 일들. 단어와 단어
가 적재적소에 배치되어 핑퐁처럼 날아다니는 날렵한 문
장들. 기억에 남는 그런 종류의 대화가 그리워지고, 대화의
상대가 되어줬던 친구들이 그리워진다. 대개는 대학 시절
이다.

만약 평일에 하루의 자유가 주어진다면, 버스를 타고 학
교로 가고 싶다. 상습 정체 구간을 통과해야 하지만 아무리
차가 막혀도 견딜 수 있다. 천천히 학교로 올라가는 길엔
오른쪽 왼쪽으로 고개를 돌려가며 거리를 구경하고 싶다.
기자 시절 매일 출근했던 경찰서에 들러 자판기 율무차도
한잔 마신다면 좋겠다. 경찰서를 지나서 학교에 도착하면,
일단 먼저 카페 '이야기'나 '판코'에 들러서 따뜻한 밀크티
를 한 잔 살 것이다. 그리고 아주 천천히, 행복했던 대화들
의 몇몇 조각들을 떠올리며 가만히 앉아 있고 싶다.

학생 신분을 벗어나고도 한참 후에 알게 된 사실이지만,
대화다운 대화를 나눌 수 있는 순간은 생각보다 많지 않다.
이제는 오랜 친구를 만나도 급히 안부를 묻고 커다란 변화
들을 브리핑해야 한다. 일상의 언어들, 일을 위한 말들, 꼭

처리해야만 하는 말들만으로도 쉬이 목이 아파오는 탓이다.

아주 천천히, 시간이 가든 말든 상관하지 않고, 그저 말하고 싶은 것들에 대해 대화할 수 있는 시간들이란. 비록 무의미하고 쓸모없을지라도 우리 머릿속을 맴도는 작은 물고기들에 대해 털어놓을 수 있는 시간들이란, 얼마나 소중했는지.

이젠 쉽사리 결론이 나지 않을 법한 이야기는 아예 시작하지도 않는다. 우리에겐 시간이 많지 않으니까. 요즘 어때? 그냥 괜찮지 뭐. 그러면 다행이다, 밥 잘 챙겨 먹어. 다음에 만나면 더 길게 이야기하자. 그땐 정말 다른 이야기를 하자.

나는 과연 대화를 잃지 않고 살아갈 수 있을까? 언어를 잃지 않고, 입에 거미줄을 치지 않고 살아갈 수 있을까? 편집기 앞에 앉아 남들의 말을 편집하다, 잃어버린 대화에 대해 한참 동안 생각했다.

소리의
세계

"시장에 가서 눈을 감고 가만히 소리를 들어보세요. 처음에는 시끄러울 겁니다. 계속 귀를 기울여보세요. 사람들이 외치는 소리가 하나둘 들리겠죠. 딸기 한 바구니 5천 원, 귤 한 박스 만 원, 대파 한 단 2천 원……. 수많은 목소리가 섞여 있는데도 다 들립니다. 각자 다른 톤과 리듬으로 외치거든요. 본능적으로 남들과 다른 소리를 내고 있는 거죠."

라디오 프로그램을 만들며 만났던 사운드 디자이너가 들려준 얘기다. 전국 방방곡곡을 다니며 소리를 채집해 소리 지도를 만드는 일을 하는 사람이었다.

그가 들려준 이야기 중 가장 인상 깊은 건 '소리 조화의 법칙'이다. 누군가에게 자신의 목소리가 전달되길 원한다면 곁에 있는 소리들과 최대한 조화를 이뤄야 한다는 얘기다. 혼자 목청을 높여봤자 결국엔 다른 사람들도 모두 악을 쓰게 만들 뿐이란 것이다. 그와의 짧은 만남 이후로는, 어딜 가든 눈으로 파악하기보단 귀를 먼저 여는 습관이 생겼다.

소리의 세계에 귀를 열고 나니, 그간 세상을 얼마나 시각 중심으로 살아왔는지 새삼 깨닫게 됐다. 소음이라고만 여겼던 소리 안에도 이야기가 숨어 있었고, 눈을 감고 소리만 들었을 때 더 잘 알게 되는 것들이 있었다. 이를테면 그곳에 모인 사람들의 관계 같은 것들이 그랬다. 대부분 어떻게 '보이는지'에 신경을 쓰다보니 어떻게 '들리는지'를 놓치는 경우가 많다. 그래서 때로는 소리야말로 그곳에 모인 사람들의 양상, 그리고 또 원하는 세상의 모습을 가장 원초적으로 드러내기도 한다.

얼마 전 지하도를 지나 광화문 교보문고에 가던 중 평화로운 소리의 세계를 만났다. 교보문고에서 지하철로 이어지는 지하도는 누군가의 이름을 부르는 사람들로 가득차 있었다.

"라이관린 있어요, 라이관린 있어요. 다니엘 있어요, 다니엘 있어요……."

한 아이돌 그룹의 앨범이 발매되었는데, 그 속에 랜덤으로 들어 있는 포토카드를 서로 교환하는 중인 것 같았다.

잠깐 멈춰서 소리를 들었다.

좁은 지하도 안에서도 역시나 소리 조화의 법칙이 적용되고 있었다. 누군가 "라이관린 있어요, 라이관린" 하고 '솔' 정도의 음으로 외치면 그뒤에선 솔을 피해 '미'의 음으로 "옹성우 있어요, 옹성우" 하고 말한다. 두 사람의 솔과 미에 묻힐 순 없으니 건너편에선 "박우진 있어요, 박우진!" 하고 '시' 정도로 음을 높인다. 조금 비는 음역대가 있다 싶으면 금세 다른 목소리가 치고 들어오고, 낯선 톤의 목소리가 나타나 지하도를 가득 메웠다.

메아리치는 이름들을 잠깐 듣다 지상으로 올라갔다. 전직 대통령을 석방하라는 집회가 한창이었다. 계단을 다 올라가지도 않았는데 높은 마이크 출력이 귀를 울렸다. "석방하라!" 하고 외치는 사회자의 목소리가 도드라지게 컸다. 뒤

따라 답하는 목소리는 거의 들리지 않았다. 눈으로 확인할 것도 없이, 소리만으로도 알 수 있는 쓸쓸한 풍경이었다.

서점에서 책을 보다 한 시간쯤 후에 다시 같은 지하도를 지나가보니 소리들이 줄어 있었다. 다들 원하는 멤버의 포토카드를 찾아 떠난 모양이었다. 남은 사람들은 여전히 제각각의 음역대를 찾아 의도치 않은 균형을 이룬 채였다. 좁은 지하도를 건너 천천히 걸어가는 동안 남은 이름들이 돌고 돌아 하나의 노래처럼 메아리쳤다. 광화문에서 만난, 전혀 다른 두 종류의 소리의 세계였다.

팬클럽
평행이론

PD로 입사한 지 만 5년이 지나자, 입봉 프로그램이 정해졌다. 샤이니의 한 멤버가 맡고 있는 심야 라디오 프로그램. 첫날부터 팬들이 보내온 문자를 보는데 왠지 기시감이 느껴졌다.

15년 전, 아빠 ID로 접속해 나우누리에서 활약하던 나의 팬클럽 시절. 당시 PC통신에는 자유게시판이나 유머게시판이 있었는데, 거기서 H.O.T.를 욕하는 글을 발견하면 나는 꼭 작성자에게 항의 메일을 썼다. 고전적인 의미의 키보드 워리어라고 해야 할까. (그래도 욕은 하지 않았다.) 여기저기 구구절절 항의글을 쓰고 다니던 어느 날, 잔뜩 화가 난 아빠에게 호출을 당했다.

"도대체 무슨 짓을 했길래 메일함에 이런 게 와 있노!"

깜짝 놀라 확인해보니 아빠 메일함에 난무하는 욕설들.

'야 이 빠돌아, 사십대가 됐는데도 정신을 못 차리나.'

아, 그 시절 PC통신에선 글을 쓰면 작성자 ID 옆으로 성별과 나이가 함께 떴다. 졸지에 H.O.T.의 극성팬이 되어버린 작성자 사십대 남성, 우리 아빠. 아빠 ID로 싸우고 다니다 적발되고 난 후, 한동안 나우누리 팬클럽 활동은 접어야 했다.

얼마 전 〈무한도전-토토가2〉 젝스키스 편을 보다가 울었다. 눈만 뜨면 젝키 팬들과 싸우던 시절의 추억이 어쩐지 애틋하게만 느껴져서다. 대체 왜 그랬는지는 모르겠지만 그때는 내가 우리 오빠들을 지켜야 된다고 생각했다. 연말 대상에서 1위를 놓치기라도 하는 날이면 놀이터에 나가서 통한의 눈물을 흘렸다. 적수는 여기저기서 자꾸만 나타났다. god가 〈육아일기〉를 들고 나타났을 땐 가장 친했던 팬클럽 친구들마저 등을 돌렸다. 인생의 첫 배신이었다.

그렇게 혈기왕성하던 팬클럽 생활은 H.O.T.가 해체하던 날 1박 2일간 쉬지 않고 우는 것으로 강제 종료되었다. 내 인생에서 쓸 수 있는 에너지의 총량이란 게 있다면 아마 그때 대부분을 쓰지 않았나 싶다.

그때 쓰고 남은 에너지를 잘 추슬러, 낮과 밤이 바뀔 한동안의 생활에도 잘 적응해야겠다. 팬클럽의 평행우주란 게 있다면 어디선가는 십대의 내가 이 프로그램을 듣고 있을지도 모를 일이다. 아, 그렇게 생각하고 보니 왠지 좀 무섭긴 하다. 잘해야겠다.

어 느
무 명 배 우

자기소개를 해달라고 하자 그는 망설임 없이 이렇게 말했다. "직업은 배우고요, 하는 일은……" 말을 시작하기 무섭게 드르륵드르륵, 하고 요란한 소리가 들려왔다. 죄송하지만 다시 한번 말씀해주시겠어요? 배우는 다시 입을 열었다.

"저는 배우고요, 하는 일은……"

드르륵드르륵. 주방 쪽에선 믹서기가 대신 대답이라도 하려는 듯 돌아가기 시작했다. 얼음과 생과일이 힘차게 갈려나가고 있었다. 손님이 몰려들자 배우는 자꾸만 카운터를 살폈다. 미안한 기색이었다.

"얼마 전까진 지하철역 앞에서 아침 일찍 김밥을 팔았어요. 새벽 세시에 일어나서 밥부터 짓지요. 보통 50인분은 만드니 두세 시간은 걸려요. 길에서 좌판을 펴고 팔다보니 구청 단속반에 걸리기도 했어요. 수치스럽고 죄송했죠. 다른 것보다도 어렵게 만 김밥을 못 팔고 들어와야 할 때는 진짜 기분이……. 그래도 하다보니 단골도 생기고, 장사도 나름대로 나쁘진 않았어요."

김밥 장사 말고도 여러 일을 해봤다고 했다. 호프집 아르바이트, 대리운전, 콜센터 상담직원……. 요즘은 평창동의 커다란 카페에서 아르바이트중이다.

그는 배우지만 이름을 아는 사람은 드문, 무명 배우다. 배우라고 소개했지만 대부분의 시간은 다른 일을 하며 보낸다. 요즘엔 카페로 매일 출근해 하루 아홉 시간씩 일한다. 어쩌면, 직업은 카페 아르바이트생이고 하는 일은 음료 만들기라고 하는 편이 더 정확한 소개인지도 모른다.

"마지막으로 하나만 여쭤볼게요. 조금 민망하실 수 있겠지만 스스로에게 한마디만 해주신다면…… 뭐라고 하고 싶으세요?"

내심 희망찬 멘트를 기대하고 질문을 던졌다. 밝은 음악을 배경에 깔고, 꿈꾸기를 멈추지 않는 젊음이라고 하면 되겠지. 질문이 끝나자마자 배우이자 카페 아르바이트생은, 갑자기 울었다.

"친구들끼린 서로 위로도 격려도 하는데 저 자신한테는 한 번도 그래본 적이 없어서요. 원래 눈물이 많은 편은 아닌데…… 죄송합니다."

인터뷰는 그렇게 끝났다. 기대했던 밝은 클로징 멘트 같은 건 없었다. 배우는 급히 눈물을 훔치고 주방으로 돌아가 다시 자몽을 착즙하고 수박을 갈았다. 녹음기 역시 다시 드르륵드르륵, 하는 믹서기 소리로 가득차기 시작했다. 그만 녹음기를 끄려는데 믹서기 소리 사이로 작은 목소리가 들려왔다. 급히 마이크의 볼륨을 높였다.

"저는 그냥, 이렇게 살아요."

저는 그냥, 이렇게 살아요. 녹음기를 통해 그 말이 전해진 순간, 갑자기 내 마음이 아득해졌다. 배우는 이미 너무 잘 알고 있었다. 스스로를 배우로 소개하지만 사실 자신은 카페 아르바이트생에 더 가깝다는 걸. 무엇보다 언젠가 배우에 더 가까워지는 날이 오기나 할지, 그것조차 알 수 없다는 걸 말이다.

그럼에도 그에겐 여전히 불리고 싶은 이름이 존재한다. 하고 싶은 일이 존재한다. 가능성이 보여서 포기하지 않고 계속 꿈꾸는 게 아니었다. 포기하고 싶어도 포기가 안 되는 일이 있다. 어쩌면 그래서 더 슬픈지도 모르겠다. 포기조차 잘 되질 않아서. 나 역시 모르는 마음은 아니었다.

가끔 그를 떠올린다. 여전히 시끄러운 믹서기에 과일과 얼음을 갈고, 커피를 내릴 그의 모습을 그려본다. 대부분의 시간을 그렇게 보내다 집에 가는 지하철 안에선, 다시 새로운 오디션을 알아보고 있을 것이다. 아직은 포기할 수 없는 어떤 이름, 그 이름을 한 번이라도 온전히 가져보기 위해서.

그냥 일어나서
일을 하러 간다

뭔가를 계속하는 사람들을 좋아한다. 내가 끈기가 없어서다. 뭐든지 흥미를 가지는 것까진 남들만큼 하는 편인데, 언제나 흐지부지되고 만다. 어쩌다 취미가 생겨도 반년을 넘기질 못한다. 그림을 배우다가 독서 모임을 나갔다가 과학 강좌를 듣다가 뭐든 곧잘 시작하지만 그만두기는 더 금방 한다.

그런 내가 거의 15년간 계속 좋아해온 밴드가 하나 있는데, 바로 '언니네 이발관'이다. 고등학생 시절 야간 자율학습을 하며 가수 이소라가 진행하던 〈FM음악도시〉를 자주 들었는데 '이발관 옆 음반 가게'라는 주말 코너에서 그만 덜컥 팬이 되어버렸다. 처음에는 심야 라디오 프로그램의 게스트로 나와서 해주는 온갖 이야기들이 웃겼다. 그러다보니 음악이 좋아졌고 나중엔 공연이 좋아졌다.

하지만 지금 와서 돌아보니 결국 가장 크게 기억에 남은 건 창작자로서의 태도가 아닐까 하는 생각이 든다. 모두가 나오지 않을 거라고 생각했던 마지막 앨범이, 9년 만에 결국 나오는 풍경을 보며 더욱 확신했다. 나는 원래도 '언니네 이발관'을 좋아했지만 그들이 음악을 '계속'해왔기 때문에 더 좋아하게 됐다는 걸.

필립 로스의 소설 『에브리맨』에는 이런 구절이 등장한다. 삶이 얼마 남지 않은 주인공이 오랜 소원이던 그림 그리기를 시작하면서 다른 사람들에게 하는 말이다. "영감을 찾는 사람은 아마추어이고, 우리는 그냥 일어나서 일을 하러 간다."

저 유명한 구절을 읽으며 '언니네 이발관'을 다시 생각한다. 9년 만에 나온 마지막 앨범이 『에브리맨』의 주인공과 겹쳐져서다. 그들의 마지막 6집이야말로 어떤 반짝이는 영감과 한순간의 재능으로 만들어진 게 아니라, '그냥 일어나서 일을 하러 가는' 심정으로 한 음 한 음 쌓아올린 게 아닐까, 상상하게 된다.

지치지 않고, 아니 어쩌면 지쳐서 나가떨어졌음에도 불구하고 계속하는 것. 청춘의 감수성과 재능이 노동자적 근면성으로 대체되는 순간. 그 순간을 겪어낸 사람들을 존경하고 또 좋아하게 된다. 그러므로 "그냥 일어나서 일을 하러 간다" 뒤에는, "계속"이라는 중요한 단어가 생략되어 있을 것이라 생각해도 무방하다.

행위는 지속될 때 빛을 발한다. 이 명제는 '보통의 존재'들뿐 아니라, 보통을 넘어선 특별한 존재에게도 마찬가지로 적용될 것이다. 오로지 지속될 때만이, 행위는 그 자신도 모르게 모습을 바꾸어가며 진화한다. 그러니 그 어떤 작은 가능성이라도 기대한다면, 지금 할 수 있는 것은 단 하나밖에 없다. 오늘도 내일도 계속해서 한다. 계속 한다. 음악을 하는 사람이라면 매일매일 한 음 한 음을 쌓을 것이고, 글을 쓰고 싶다면 아무도 보지 않는 보잘것없는 일기나마 계속 써나갈 것이다. 그냥 일어나서 일을 하러 나가는 것처럼. 내가 유일하게 포기하지 않고 좋아해온 '언니네 이발관'처럼.

나의 중력

　키가 작은 무용수를 만나 인터뷰했다. 156센티미터의 키를 가진 그녀는 아주 사뿐사뿐했다. 목소리마저 날아오를 것처럼 떠올라 녹음기를 든 팔을 자꾸만 높이 들어올려야 했다.

　무용수는 배명훈의 소설 『첫 숨』 속 주인공을 연상케 했다. 소설엔 다른 종류의 중력 아래에서 사는 사람들이 나온다. 나와 무용수도 같은 공간에 있지만 중력의 크기가 완전히 다른 것처럼 느껴졌다. 오랜만에 나를 붙드는 중력을 다시 한번 의식하는 순간이었다.

처음 중력을 갖게 된 건 2010년 무렵이었다. 대학을 졸업하면서 한 신문사에 기자로 입사했다. 당시 내가 다니던 신문사는 조중동으로 분류되는 보수 일간지였는데, 입사하고 얼마 지나지 않아 그 타이틀이 버겁게 느껴지기 시작했다. 무엇보다 또래들이 나를 더이상 있는 그대로 바라보지 않고, 'OO일보 기자'로 바라본다는 사실이 부담스러웠다. 'OO일보 기자로 일하는 나' 그리고 '그냥 나' 사이에서 적당한 거리감을 유지하려고 했지만 소용없었다. 남들에게 '그냥 나'는 인식하기 어려운 존재였지만 'OO일보 기자'인 나는 뚜렷하게 보이는 존재였다. 기자로 일하고 얼마 지나지 않아, 나는 내게 새로운 중력이 생겼다는 걸 깨달았다.

당시의 나는 무겁게 발을 잡아매던 중력을 피하기 위해 이직을 택했다. 보수 일간지 기자 대신, 방송사 PD라는 직업을 얻으면 중력이 사라질 거라고 생각했다. 중력이 어디서 생겨나는지, 어떻게 유지되는지 잘 모른 채 그저 회사의 색깔이 바뀌면 모든 문제가 해결될 거라고 믿던 단순한 시절이었다.

시간이 흘러, 이제 나는 중력에 익숙해진 채 살아간다. 회사를 바꾸고 직업을 바꾸면 사라지리라 생각했던 중력은 사라지지 않았다. 내가 의식했던 중력은 보수 일간지 기자로서의 중력이 아니라, 고정된 형태의 직장에서 월급을 받는 직장인이라면 모두에게 해당되는 중력이었다. 자신의 시간을 떼어내어 일로 바꾸고, 그 대가로 돈을 받는 사람들에겐 모두 적용되는 종류의 힘. 어쩌면 이 힘은, 특정한 일을 반복적으로 하면서 자연스럽게 생겨나는 일상성이라고도 할 수 있을 것이다. 같은 시간에 일어나 같은 곳에서 같은 교통수단을 타고 같은 장소로 향해 같은 일을 수행하는, 그 반복의 패턴이 만들어낸 중력.

이제 나는 그 힘에 익숙해졌다. 사실은 그 힘에서 편안함을 느낀다. 처음 이 중력을 가지게 됐을 때의 낯선 느낌, 부자유스러움은 사라진 지 오래다. 가끔은 이 되풀이의 습관 덕분에 아프지 않고 살아간다고 느낄 때도 있다. 속절없이 힘들거나 속상할 때조차, 끊임없이 해내야만 하는 일이 있다는 것. 매일 쳐내도 내일이 되면 새로 날아오는 내 몫의 하루가 있다는 사실.

반복해야만 하는 일상이 있기 때문에, 눈뜨고 싶지 않은 여러 아침을 이겨내고 다시 하루를 시작한다. 어제와 다를 것 없지만 그래서 더욱 소중한, 나의 중력.

국영수만
하지 말고

시사교양국에서 라디오국으로 부서를 옮기고 난 다음, 주변에서 부쩍 안부를 자주 물었다. 요즘 어때요? 하면 나는 그냥 "신입사원 같아요, 좀 어리둥절하기도 하고 모르는 것도 많고……" 이렇게 대답한다. 하지만 내가 거친 두 번의 진짜 신입사원 시절에 비춰보면 지금의 나는 신입사원의 처지는 아니다. 누군가에게 마냥 가르쳐달라고 하기에도, 아직 어리니까요 하고 웃어넘기기에도 어중간해져버렸다. 점점 더, 모르는 것을 모른다고 이야기하기가 민망해진다.

가장 민망할 때는 음악을 잘 모를 때다. 대부분 생방송으로 진행하는 라디오 프로그램의 특성상, 실시간으로 들어온 신청곡들 중 모르는 노래가 있으면 난감한 경우가 생긴다. 사연이 좋아서 뽑았는데 신청곡이 내가 아직 들어보지 못한 노래라면, 방송중에 급하게 노래를 검색하기도 한다. 특히 청취자들의 연령대가 높은 프로그램을 하고 있을 때 더욱 그렇다. '배따라기', '노고지리', '사랑과 평화'……. 대체로 90년대 중반 이후의 노래 위주로 들어온 나의 폭 좁은 청취 경험은, 나이 많은 청취자들이 보내오는 통시대적 신청곡들 앞에서 와르르 무너진다. 그럴 때면 얼굴이 화끈 달아오른다.

얼마 전에는 오랜만에 시험을 치르는 꿈을 꿨다. 고등학교 교실이었는데, 시험 과목이 하필 음악이었다. 꿈이었는데도 샤프를 쥔 손에 자꾸 땀이 묻어났다. 꿈속의 시간은 흘러가고, 나는 손을 달달 떨다 백지로 시험지를 냈다. 문제지를 아무리 들여다봐도 아는 문제가 없었기 때문이다. 숨가쁜 이 꿈에서 깨기 직전에 혼자 슬퍼하며 지른 외마디 비명.

"아, 국영수만 하지 말고 음악도 좀 할걸."

꿈에서 깨고도, 꿈이었지만 정말 명언이야 하고 한동안 생각했다. 국영수만 하지 말고 음악도 좀 할걸.

뉘앙스

눈치가 늘진 않았지만 눈치를 보는 일은 늘었다.

눈치를 조금씩 보기 시작하고 나니, 눈치보는 게 나쁜 건 아니라는 걸 깨닫게 됐다. 일단 말의 섬세한 뉘앙스에 민감해진다. 똑같은 '밥 먹었어?'에도 따끈따끈한 '밥 먹었어?(=안 먹었음 나가서 지금 뭐라도 먹을래?)', 적당히 따뜻한 '밥 먹었어?(=언제 점심 약속이나 잡을까?)', 인사 대신에 자주 쓰는 '밥 먹었어?(=굿 애프터눈)'가 존재한다. 누군가 대충 목례만 하긴 심심해서 '밥 먹었어?' 하고 물었는데 '저 내일 점심 괜찮은데. 아니면 모레도 좋고요' 이렇게 대답하면 상대방이 난감해한다는 걸 이제야 깨달았다.

계기가 있었다. 회사도 옮겨보고 부서도 옮겨봤지만, 후자가 훨씬 어려운 일이라는 걸 깨달으면서다. 우여곡절 끝에 부서를 옮기면서 거의 직업이 바뀌었다. 하는 일은 달라졌지만 전 부서 선배들은 계속 마주치니 미안한 일이 많고, 새로운 부서에선 왠지 쑥스럽고 낯선 일이 많다. 앉은자리가 예전처럼 편하지 않다보니 나도 모르게 사람들의 온도에 민감하게 됐다.

확실히 좀 소심해지긴 했지만, 한편으론 다른 사람들에 대해 새삼 생각해보게 된다. 아, 저 사람은 저런 단어를 자주 쓰는구나. 조금 낯설면 이름 뒤에 꼭 씨를 붙이는구나. 동시에 그동안 나의 말들은 남들에게 어떤 뉘앙스로 비춰졌을지 돌아보게 된다. 가뜩이나 눈치도 없는 편인데 뉘앙스마저 편하지 않았다면……. 앉은자리에서 새삼 옛날 일들을 반성한다. 눈치보기로 시작해 사람들에 대해 생각하다가 결국 스스로에게로 돌아오곤 하는 하루하루.

그나저나 스스로는 이렇게 '이제야 눈치가 늘었다'고 뿌듯해하지만 의외로 아직도 완전히 맹탕일지도 모른다. 하긴, 눈치가 있었다면 애초에 이런 글을 쓰지도 않았겠지만.

취 향 의
공 동 체

취향 지상주의자들이 들으면 펄쩍 뛸 얘기지만, 누군가를 만날 때 취향을 중요하게 여기는 사람들을 보면 무모하다는 생각이 든다. 상대방이 자신에게 중요한 사람이 될 예정이라면 더욱 그렇다. 취향의 공동체는 삶의 중요한 관계들과 분리해서 유지해야 한다고 생각하기 때문이다. 그 중요한 관계가 애정의 관계라면 말할 것도 없다.

애정의 공동체는 오로지 애정만으로도 유지될 수 있는 단순하고 훌륭한 공동체다. 사람들은 좋아하는 영화가 다르더라도, 지지하는 정당이 다르더라도 쉽게 사랑에 빠진다. 취향이 완전히 다른 사람과도 애정의 공동체를 만들고 가꾸고 유지할 수 있다.

　하지만 간혹, 여기에 취향이라는 섬세하고도 가냘픈 잣대를 하나 더 갖다대는 사람들을 보게 된다. 취향이 비슷해야만 사랑이 가능하다고 생각하는 사람들이다. 관계가 무탈할 때야 물론 행복할 따름이다. 하지만 대체로, 사랑은 변하지만 취향은 변하지 않기 때문에 문제가 생긴다.

　애정과 취향이 결합된 이중의 공동체가 산산조각났을 때, 그 사람은 사랑만 잃는 게 아니다. 갈 곳을 잃고 들을 음악을 잃으며 책을 읽을 수 없게 된다. 자신이 살아가던 작은 세상을 송두리째 잃는다. 애정의 공동체와 취향의 공동체를 하나로 묶으려고 한, 무모한 시도 때문이다.

　오래전 한 친구가 소개팅을 해주겠다며, 어떤 남자가 좋냐고 물어본 적이 있다. 나는 한마디로 대답했다. "'언니네 이발관' 좋아하는 남자만 아니면 다 괜찮아." 폭넓은 취향의 공동체를 여러 곳에서 갖되 작고 단단한 애정의 공동체는 별개로 유지하는 것. 내가 생각하는 가장 풍요로운 삶의 모습이다.

감 정
계 약 서

한 해를 시작할 때 신과 인간이 감정에 관한 표준계약서를 썼으면 좋겠다.

"당신은 올해 슬픔 100, 기쁨 500, 괴로움 300, 무덤덤함 1000, 설렘 300, 아픔 300의 감정을 느끼게 될 것이다."

주어진 계약서에 인간이 사인을 하면, 한 해 분량의 감정이 정해진다. 만약 1월에 갑작스레 슬픈 사건을 만나 100의 슬픔을 한 번에 쏟아버린다면, 그 이후에는 한 해가 다할 때까지 슬픈 일은 일어나지 않는 시스템이다. 물론 기쁜 일, 설레는 일, 다른 감정들에 대해서도 마찬가지.

덜 기쁘게 살아도 좋으니 덜 슬플 수 있다면 좋겠다.

'어디'의 사람과
'무엇'의 사람

조직이 보장하지 않는 삶을 견딜 수 있을까? 그간 학생, 직장인으로 신분을 바꿔가며 내가 소속됐던 크고 작은 조직들은 대체로 안락했다. 일단 남들에게 스스로를 알리기 편하다. 나는 이러이러한 사람이에요.

만약 소속이 사라진다면, 나는 남들에게 스스로를 어떻게 설명할 수 있을까.

오래전 소설가 김연수의 인터뷰를 눈여겨본 적이 있다. 그는 한 인터뷰에서 스스로를 '프로 소설가'라고 소개했다. 그 말은 이렇게 들렸다.

"나는 내가 생산하는 것으로 나를 설명하는 것이 가능한 사람이다."

소속이나 신분 혹은 노동의 대가가 얼마인지로 스스로를 설명할 필요가 없다는 말일 것이다.

오랫동안 그런 사람들이 부러웠다. 자신이 생산하는 것으로 스스로를 규정하고 또 설명할 수 있는 사람들. '어디'의 사람이 아니라 '무엇'의 사람이에요, 라고 자신을 말할 수 있는 사람들.

'펫숍보이스'의 〈고 웨스트〉에는 이런 가사가 나온다. "떠나면, 우리가 떠나면 그곳에서의 삶은 달라질 거예요. 그곳에서 다시 꿈꾸게 될 거예요. 그곳에서, 그곳에서, 그곳에서."

이 노래의 방점은 '여기가 아닌 어딘가'로 떠나는 데 있다. 떠나는 건 삶을 뒤흔드는 아주 간단하고 쉬운 방법이다. 모든 걸 버리고 훌쩍 떠난 사람들의 이야기는 우리의 마음을 설레게 만든다. 저렇게 떠나면, 새롭게 시작할 수 있을 것만 같다. 하지만 삶의 장소를 바꾼다고 해서 삶의 속성이 쉽게 달라지진 않는다. 떠남으로써 바뀌는 것은 새로운 소속, 새로운 거점, 새로운 지위일 뿐이다. 여기가 아닌 어딘가라고 해서 '나'라는 사람의 속성이 바뀔까. 속성을 바꾸는 건 아주 다른 차원의 문제다.

요즘은 매일같이 꿈만 꾼다. 자고 일어나면 아무것도 생각나지 않지만 식은땀으로 등짝만 축축한 꿈이다. 나는 결국, '어디'의 사람이 아닌 '무엇'의 사람으로 살아갈 수 있을까.

눈물 냄새

평범한 하루 끝에서 눈물이 터졌다. 집으로 오는 길, 택
시 안이었다. 밀폐된 공간이라 내 울음소리가 아주 생생하
게 내 귀에 들려왔다. 민망했지만 기사님은 미동 없이 운전
에 집중할 뿐이었다. 하긴, 택시 안에선 별별 일이 다 일어
날 테니까. 한참 울었더니 눈물을 그치고도 뺨에서 눈물 냄
새가 났다.

선배에게 혼이 난 것도 아니고 어디가 아픈 것도 아니었
다. 특별할 것 없는 회식자리가 끝나고 집으로 가던 길이었
다. 그냥 별 이유 없이 눈물이 자주 난다고만 생각했다. 웬
만하면 집에 들어갈 때까진 잘 참는데 괜히 택시에서부터

터졌네, 하고 쑥스러워했다. 보통은 현관문 비밀번호를 누르는 순간부터 눈물이 고이다 신발을 벗으려 쪼그려 앉으면 눈물이 후드득 떨어졌다. 일단 일정량의 눈물을 흘려야만 옷도 갈아입고 세수도 할 수 있었다. 눈물은 퇴근 알림과 같았다. 택시에서 눈물이 터진 날은 조금 빨리 무장해제가 된 날이었다.

거의 매일 울면서도 눈물에 이유가 없다고 생각했던 적이 있다. 일이 버겁긴 했지만 남들에 비해 특별히 힘든 것도 아니었고, 개인적인 문제도 없었다. 객관적인 상황은 분명 별일 없고 멀쩡한데 눈물이 날 뿐이라고, 습관 같은 거라고 대수롭지 않게 여겼다. 거의 매일 운다는 얘기는 아무에게도 하지 않았다. 일상이었기 때문이다.

이제는 그 시절이 유독 힘들었다는 걸 안다. 당시 스물세 살이었던 나는 버거운 일에 적응해야 한다는 마음만 앞서 조급했다. 내게 맞는 옷인지 아닌지도 사이즈도 제대로 모르면서 옷에 몸을 구깃구깃 집어넣느라 정신이 없었다. 그렇게 힘든 마음으로 버티려니 하루는 너무 천천히 흘렀고 한 달은 더 느리게 흘러갔다. 답답하고 괴로운데 스스로 인정하질 않으니 그 마음들이 눈물샘으로 고여 터져나왔다. 울지 않을 때조차 눈물 냄새가 난다 느껴질 만큼.

매일 울고 있으면 그게 이상한 줄도 모르게 된다. 혹시 내가 다시 그 시절로 돌아갈 수 있다면, 자주 우는 스스로를 이상하게 여겼을 것이다. 사람들에게도 더 많이 말하고 엄살도 좀더 부릴 것 같다. 이상하게 자꾸 눈물이 난다고.

모든 눈물에는 반드시 이유가 있다는 걸, 더이상 눈물을 흘리지 않게 되고 나서야 깨닫게 됐다.

커피
마셔도 될까요

밤 열시쯤 3층 사무실에 앉아 있으면 자주 들리는 목소리가 있다. "혹시 커피 마셔도 괜찮습니까?" 돌아보면 흰머리가 성성한 할아버지 한 분이 밀걸레를 들고 조심스럽게 나를 쳐다보고 계신다. 밤시간대에 왁스 청소를 하시는 분이다.

오늘은 유독 추워서인지 할아버지의 목소리가 조금 떨리는 것 같았다. 질문의 내용은 언제나 같다. 커피를 마셔도 괜찮을까요. 내 자리는 커피며 녹차가 있는 곳에서 좀 떨어져 있는데도, 꼭 물어보신다. 앉아 있는 사람 누군가에겐 허락을 받아야 한다고 생각하시는 모양이다. 그러면 나는 마치 산더미처럼 쌓여 있는 믹스커피의 주인이기라도 한 것처럼 괜찮아요, 드세요, 하고 대답해드린다. 할아버지는 고맙습니다, 하고 믹스커피를 하나 들고 가신다. 믹스커피 옆엔 뜨거운 물이 나오는 정수기와 일회용 컵도 있지만, 항상 한 봉지를 들고 가시기만 한다.

왜 뜨거운 물을 부어서 바로 드시지 않고 들고만 가시는 걸까. 할아버지가 매번 들고 가시는 믹스커피는 어디로 갈까. 왕창 집어가셔도 되는데 왜 꼭 한 봉지씩만 가져가시는 걸까. 여기서 드시기엔 겸연쩍어서 가져만 가시는 걸까. 무엇보다도 대체, 왜 그렇게 깍듯하신 걸까.

마음이 불편해지는 풍경 뒤엔 언제나 지나치게 공손한 사람들이 존재한다. 점원이 무릎을 꿇고 주문을 받는 가게에는 두 번 다신 가고 싶지 않아진다. 허리를 접고 90도로 인사하는 주차관리원들이 있는 백화점엔 왠지 들어가기 싫어진다. 극단적이고 부자연스러운 깍듯함을 목격할 때마다, 우리가 사는 곳이 얼마나 암담한지를 되레 확인하는 것 같아서다.

회사 바닥은 오늘도 밤중의 왁스칠로 반들반들 광이 난다. 공연한 믹스커피 한 봉지 때문에 잡생각만 많아지는 사무실의 밤. 할아버지는 오늘도 커피 한 봉지만 들고 다시 일을 하러 가셨다. 다음번에 오실 땐 제발, 커피 같은 건 그냥 왕창 집어가셨으면 좋겠다.

푸른 밤

잠자리에 누워 눈을 감고 있으면 〈푸른 밤〉 풍경이 떠오를 때가 있다. 보통 잠드는 시간이 열두시 전후, 〈푸른 밤〉 방송이 시작되던 무렵이라 그런 걸까. 기억이 시간에 반응하는지도 모르겠다.

떠오르는 풍경은 대개 시간순이다. 방송이 시작되기 10분 전, 잠깐 짬이 나면 스튜디오에 둥그렇게 모여앉아 곰 모양 젤리를 나눠 먹으며 수다를 떨었다. 맞은편 스튜디오에선 〈꿈꾸는 라디오〉가 생방송중.

오프닝을 읽고 첫 곡이 나간다. 그다음은 디제이가 골라

온 노래를 듣는 순서다. 매일 새로운 노래를 가져오는 게 쉽지는 않았을 텐데, 한 번도 대충 가져온 적이 없었다. 기껏 골라왔지만 방송 불가라 못 튼 곡들도 많았다. 그가 제일 자주 선곡했고 항상 따라 불렀던 노래는 스티비 원더의 〈리본 인 더 스카이〉. 짧지 않은 노래지만 순식간에 흘러간다.

열두시 사십분. 코너가 시작되고 게스트들이 인사를 하며 들어온다. 분위기가 단번에 바뀐다. 한 시간을 왁자지껄 떠들고 나면 한시 사십분. 들어왔던 사람들이 다시 돌아나간다. 배웅을 하고 스튜디오를 닫으면 문은 쿵, 육중하고 무거운 소리를 낸다. 남은 방송 시간을 알려주는 전자시계엔 20분이 찍힌다.

잔잔한 에세이를 한 편 읽는다. 눈물이 많아서 사연을 읽다 가끔 울기도 한다. 원래도 어두웠던 창밖이 완전히 검게 변하며 사위가 고요해진다.

노래가 나가는 사이, 블라인드를 올리고 거리를 살펴보지만 텅 비어 있다. 가게에 드문드문 켜져 있던 불빛마저 사라진다. 바깥세상이 곤히 잠드는 시간, 적당히 피곤하면서도 평화로운 새벽 한시 사십분의 스튜디오 풍경.

믿기 힘든 부고를 들은 후부터 새벽 한시 사십분의 스튜디오를 자주 떠올리게 된다. 지금 여기선 어쩔 수 없지만, 언젠가 시간의 방향을 거스를 수 있다면 꼭 다시 찾아가고 싶은 순간이다.

밤 열두시, 오늘도 어김없이 같은 시간이 찾아온다. 잠이 오지 않을 땐 가끔 상상해본다. 스튜디오 문이 열리고 모자를 푹 눌러쓴 디제이가 노래를 흥얼거리며 들어와 의자에 털썩 앉는 모습을. 익숙한 음악에 맞춰 오프닝을 시작할 것이다. 아주 오랫동안 그 자리를 떠나지 않고 계속 지켜왔던 것처럼.

나의 첫번째 디제이는 그렇게, 어디선가 여전히 존재할 것이다.

내가 기억하는 작고 아늑한 스튜디오 안에서만큼은 영원히.

여 러 개 의
얼 굴

어떤 일들은 영원히 잊히지 않고 꾸준히 영향을 미친다.
내가 보고 있는 사람들의 얼굴이 사실은 아주 많은 모습들
중 단 한 부분에 불과하다는 것을 처음으로 깨달았을 때
손이 떨렸다.

이제는 오래전 내가 그랬던 것처럼, 다른 누군가가 나의
또다른 얼굴과 우연히 마주하고 손을 떨지도 모를 일이다.
내가 아는 대부분의 사람들처럼, 나도 두번째 혹은 세번째
얼굴을 만들어가고 있는 건 아닐까.

2부

혼자서 말 걸기

보낸 편지함 :
자 리 찾 아 가 기

일이 정말로 중요하다는 걸 점점 더 절실히 깨닫게 됩니다. 일이 있어야 생계가 해결되기 때문이기도 하지만, 그 일을 하는 사람에게 미치는 어마어마한 영향력 때문에요. 저 역시 다른 평범한 직장인들과 마찬가지로 대부분의 시간을 일하는 데 쏟고, 휴일은 일하느라 지친 몸을 다시 일할 수 있는 상태로 만들기 위해 씁니다. 대부분의 시간을 일에 들이기 때문일까요. 어느새 일이 제 정체성의 많은 부분을 차지하고 있음을 느낍니다.

대학 졸업반이 될 무렵 처음 얻은 직업은 신문사 기자였습니다. 첫 출근 날에는 눈이 어마무시하게 내려 시무식이

연기되기도 했죠. 입사 절차를 마치고 간소한 짐을 꾸려 곧장 경찰서 2진 기자실로 배치를 받았습니다. 말로만 듣던 수습기자의 시작이었습니다. 다행히(?) 당시 제가 입사한 신문사는 소위 말하는 '사스마와리' 기간이 짧은 편이었지요. 물론 짧다고 수월한 건 아니었고요. 몇몇 잊을 수 없는 장면들도 남았지만 기자 일이 적성에 잘 안 맞는다는 걸 빨리 알게 된 기간이었습니다.

결국 기자로 일한 기간은 1년도 채 되질 않았는데, 그만두기로 결심한 가장 큰 이유는 끝없는 전화 통화 때문이었습니다. 모르는 사람에게 무턱대고 전화를 걸어 저도 잘 모르는 뭔가를 물어보는 게 싫어서였죠. 아무리 친한 사이라도 전화는 거의 하질 않던 당시의 제게는 정말 고역이었습니다. 그러고 보니 전화가 그렇게 싫었다면 어디든 발로 좀 더 뛰었어야 했을까요? 어쨌든 짧은 기간이었지만 그다지 좋은 기자는 아니었던 것 같네요. 계속했다 하더라도 좋은 기자가 될 수 있었을지는 모르겠습니다.

두번째 직업은 시사교양PD였습니다. 다큐멘터리 같은 교양 프로그램이나, 〈PD수첩〉 같은 고발성 프로그램을 주로 다루는 일이었지요. 대학 시절부터 해보고 싶었던 일이었기 때문에 합격 당시엔 정말 행복했습니다. 게다가 회사도 줄곧 동경해오던 곳이었고요. 합격 통보를 받곤 눈물까지 흘릴 만큼 기뻐했지만 좋은 시절은 짧았습니다. 신입사원 연수를 지나 현업 배치를 받자마자 험악한 분위기가 들이닥쳤거든요. 그 무렵 MBC가 처했던 상황을 생각해보면 예상 못했던 바는 아니지만 그래도 주눅이 들었죠. 현업에 배치된 후 처음 기억에 남은 장면이 있는데, 고성이 오가던 당시 국장의 정책간담회입니다. 이 장면은 훗날 영화 〈공범자들〉에도 등장하더군요. 영화 속엔 등장하지 않는 앵글 바깥의 말석에서, 입사 3개월 차 막내였던 저는 숨죽이며 그 풍경을 바라보고 있었습니다.

그 후 1년 만에 170일간의 긴 파업이 시작됐습니다. 시작할 때 그렇게 길어질 줄 몰랐던 파업이었죠. 파업 이후 시사교양국은 둘로 쪼개진 뒤 완전히 해체되기까지 했습니다.*
부당 해고를 당하거나 전보를 당하는 선배들도 많았죠. 저는 국이 완전히 없어지기 전에 직종 전환을 택했습니다.

---

* 2018년 12월 현재. 조직은 복원된 상태다.

대차게 버틸 자신도 잘할 수 있으리라는 믿음도 없었거든
요. 오랫동안 바라왔던 일이었다는 걸 생각하면 그야말로
맥 빠지는 포기였습니다. 하지만 지금 다시 돌아간대도 아
마 비슷한 선택을 했을 것 같아요. 결국 시사교양PD로 일
한 기간은 3년이 채 되질 않네요.

그렇게 만난 세번째 직업이 라디오PD입니다. 같은 회
사 안에서 부서만 옮겼을 뿐인데도 많은 게 바뀌었어요. 우
선 삶의 패턴이 완전히 달라졌습니다. 새로운 사람들을 만
날 일은 점차 줄어들었죠. 거의 매일 새로운 사람을 만나
야 하는 기자나, 아이템이 바뀔 때마다 새로운 취재를 시작
하는 시사교양PD에 비하면 라디오PD가 만나는 사람들은
한정적입니다. 프로그램을 한번 맡으면 최소한 6개월은 같
은 사람들과 주로 일하게 되지요. 시간을 보내는 장소도 달
라집니다. 대부분의 일이 외근인 기자나, 촬영 시기엔 내내
밖에 나가 있는 시사교양PD에 비하면 라디오PD는 내근직
이죠. 선곡과 방송 준비는 사무실에서 하고, 녹음과 생방송
은 스튜디오에서 하니 대부분 실내에서 일합니다.

10년이 채 되지 않는 기간 동안 세 가지 직업을 거쳤습니다. 남들에겐 별 차이 없는 비슷한 직업들일지 몰라도 제게는 세 개의 직업에 따른 세 명의 자아가 존재하는 것처럼 느껴질 때가 있어요. 가장 큰 차이는 일의 무게중심입니다. 새로운 사람을 많이 만나고 대해야 하는 일에서 비교적 소규모의 사람들을 지속적으로 만나는 일로 점차 옮겨왔죠. 기자로 일할 땐 제게서 비교적 멀리 떨어져 있던 무게중심이 지금은 꽤나 가까워진 셈입니다. 물론, 상대적으로 일의 외연은 많이 축소됐죠. 하지만 저는 라디오PD인 지금이 더 잘 맞는다고 느낍니다.

어떤 일을 가진다는 건 전인격적인 사건입니다. 일의 성격에 따라 제가 저 자신을 어떻게 생각하는지도 완전히 달라지죠. 사소하게는 옷 입는 스타일부터 전화 통화에 응대할 때의 말투까지 모두 변합니다. 자주 만나는 집단이나 사람들과의 대화 주제 역시 완전히 다르죠. 제 경우엔, 심지어 자주 꾸는 꿈의 내용도 바뀌었습니다. 그래서일까요, 스스로에게 조금 더 맞는 일을 찾아간다는 건 간절한 일일 수밖에 없었습니다. 가급적이면 원래의 제 모습을 크게 바

꾸거나 욱여넣지 않아도 할 수 있는 일을 찾고 싶었거든요.

이렇게, 저는 아직도 제 자리를 찾아가는 중입니다. 지난 10년간 조금씩 아주 천천히 움직이며 자리를 찾아왔던 것처럼요. 어딘가엔 제 생긴 모양과 꼭 맞는, 그런 자리가 있을 거라고 믿고 있습니다.

김 부 장 과
손 톱 깎 이

　기자 시절의 일입니다. 어떤 회사의 신입사원 채용에 관한 기사를 하나 쓴 적이 있습니다. 기획 업무를 할 직원을 뽑으면서 내건 조건이 문제였는데요, '승무원, 미인대회, 모델, 탤런트 경력'을 지원자격으로 걸었거든요. 기획실 직원을 뽑으면서 미인대회 출신이라니……. 얼핏 생각해도 말이 안 되는 일이죠. 신체조건을 취업의 기준으로 내걸 수 없게 되어 있는 현행법에 반하는 일이기도 하고요.

　기사가 나간 다음날 그 회사의 부장이라는 사람에게서 전화가 걸려왔어요. 지금 어디냐고, 꼭 만나서 제 명함을 받아가야만 한다며. 딸린 가족이 몇이고 부양해야 하는 부모님이 계시다는 얘기를 덧붙이면서요.

회사로 오시라고 해서 만났는데, 로비 커피숍에서 어떤 아저씨 한 명이 땀을 닦으며 저를 기다리고 있었습니다. 자신을 김부장이라고 소개하면서요. 해명을 하기 위해 왔다고 했어요. 미인대회 출신들이 화려해 보이지만 막상 갈 곳이 없어서 유흥업소에 취업하는 경우도 많다고, 그런 인재들의 재취업을 도우려고 했던 역발상이라면서요.

듣고 있던 저는 당황스러워 땀이 다 났습니다. 김부장도 계속 땀을 흘리며 가방에서 뭔가를 주섬주섬 꺼내는데, 손톱깎이 세트였어요. 선물로 드리려고 가져왔다고.

죄송하지만 회의가 있어 올라가야 한다고, 인사를 하고 일어섰습니다. 엘리베이터를 타려다 마음이 불편해 잠깐 그쪽을 쳐다봤는데 여전히 혼자 앉아 계시더라고요. 손톱깎이 세트를 테이블 위에 덩그러니 올려둔 채로요.

안녕히 가시라고 문자로 인사를 한번 더 하고 회의에 들어왔는데 이상하게 계속 생각이 납니다. 손수건으로 땀을 닦아가며 해명을 하다가 주섬주섬 손톱깎이 세트를 꺼내 내밀던 모습이요.

문제니까 기사를 썼고, 해명은 더 말도 안 되긴 했지만

요. 저는 정말이지 누군가의 삶에 손톱만큼이라도 영향을
미치고 싶지 않은데……. 자꾸 부정적인 개입만 하게 되는
것 같아서 혼란스러운 날들입니다.

그 회사의 신입 채용은 사실 윗선의 지시였다는데 말이죠.

날도 덥지 않은데 계속 땀을 닦던 김부장은 지금 어떻게
지낼까요.

한강의
남자

사건사회부 영등포 라인에 수습기자로 배치됐습니다. 새벽 네시부터 구로, 영등포, 양천, 강서경찰서를 차례대로 도는 게 하루의 주 일과고요. 경찰서를 중심으로 영등포구 안에 있는 병원의 응급실과 소방서까지 하염없이 돌다 보면 어느새 밤이 됩니다. 잠은 평균적으로 두세 시간 자는 것 같습니다. 영등포는 이제 제게 네 개의 경찰서로 인지되는 동네입니다.

제가 짐을 푼 구로경찰서 기자실은 의경 숙소 한구석에 박혀 있습니다. 쪽잠을 자러 들어가면 건물에 민간인은 달

랑 저 혼자일 때도 있어요. 기자실이 있는 층의 화장실엔 따뜻한 물이 나오질 않아서, 까치발을 하고 의경들이 쓰는 세면장에 몰래 들어가 급히 세수만 하고 돌아 나옵니다. 요즘 밤공기는 정말 너무 차갑고, 새벽 공기는 그것보다도 훨씬 차갑습니다. 경찰서라 더 그렇게 느껴지는 걸지도요.

수습기자가 되고 나니 영등포구로 분류된 지역의 궂은 모습을 주로 보게 됩니다. 한번은 수난구조대 취재를 갔다가 일주일 된 변사체를 건지는 데 동행했어요. 신고 지점은 서강대교 아래쪽이었는데 아직 얼음이 꽤 남아 있어 구조대가 얼음을 깨며 힘들게 나아가야 했습니다. 신고 지점에 도착하자 드문드문 얼음들 사이로 남색 점퍼 차림의 등이 비죽 솟아올라 있더군요. 대원들이 갈고리로 바지의 벨트 부분을 단단히 붙잡아 보트 위로 끌어올렸습니다. 중년의 남자분이었어요. 변사체에서 흘러나온 물이 제 운동화와 발을 온통 적셨습니다.

구조대는 보트에 그를 누인 채 이불로 잘 덮어주었습니다. 돌아가는 길에 얼음을 깨느라 보트가 출렁이자 구둣발

한쪽이 이불 밖으로 비죽 튀어나왔어요. 구두는 마치 새것처럼 깨끗하고 반듯했습니다. 구두의 주인에겐 이미 얼굴이 없었는데도요.

겨울의 검은 한강에 뛰어들 때, 그는 한 번이라도 이 모습을 상상한 적 있었을까요. 서강대교 밑에서 떠다니다 수난구조대에게 수습될 자신의 마지막 모습을 말입니다. 그 모습을 물끄러미 쳐다보는 수습기자 하나와, 다음날 신문에 실리게 될 구조대의 이야기 같은 것들을요.

변사체를 태운 보트가 차가운 물을 가르며 돌아오는데 작은 물새 한 마리가 수면 위를 낮게 날았습니다. 보트를 따라오기라도 하는 것처럼 저희 옆에 바싹 붙어서요. 따뜻한 제주에서 태어나 차가운 한강물에서 생을 마감한 54년생 남자의 부패해가는 몸 옆에서, 저도 모르게 저 새 참 귀엽다…… 하고 혼잣말을 해버렸습니다. 작은 물새는 우리가 영등포에 도착할 때까지 한참 동안 보트를 맴돌다 사라져갔어요. 한겨울 한강의 공기는 적당히 차갑고 맑았습니다. 옆자리에 얼굴을 잃은 변사체가 함께 타고 있다는 것만 빼면, 나쁠 것 없는 평화로운 풍경이었지요.

요즘 제 공감각은 새로운 현상들 앞에서 뒤틀리고 흔들리고 뒤집어지길 반복합니다. 이 모든 것들이 지나가고 나면 저는 좀더 나은 사람이 될까요, 아니면 좀더 나쁜 어떤 것이 될까요. 아직은 알 수 없어 그저 오늘을 수습하며 영등포의 바다를 박박 기어다닐 뿐입니다.

특기는
청소

대학교로 취재를 다녀왔습니다. 학생들이 한글 학교를 열어 시설 노동자 분들과 수업을 하고 있는 곳이었어요. 선생님으로 활동하는 학생들은 스무 명 남짓, 학생은 열세 분이 계셨습니다. 한 대학교의 시설 노동자 중 열세 분이나 글을 모르신다니, 생각보다 많은 숫자에 조금은 놀랐습니다. 무심히 스쳐지나다니던 분들 중 문맹이 있으리라곤 생각해본 적이 없었거든요.

수업은 1:1로 진행되고 있었습니다. 선생님 한 명과, 대부분 어머니 혹은 할머니뻘인 학생 한 분이 마주앉아 있었죠. 저는 옆에서 수업을 같이 들으며 보이는 것들을 취재수첩에 적어내려갔습니다.

"자, 자기소개를 써보시는 거예요. 사는 곳은 쓰셨고 특기는 뭐라고 적으시겠어요?"

"특기가 뭐지? 잘하는 거? 나 잘하는 건 없는데."

"그래도 생각해보시면 하나 있지 않을까요? 제일 열심히 하시는 거 뭐 아무거나."

"그야 항상 청소를 하니까……. 청소를 제일 잘하긴 하지."

청소라고 적어야 하나. 그래도 그렇게 쓰긴 싫은데. 한 분이 한참 머뭇거리셨습니다. 그 모습을 바라보던 옆자리 어머니가 잽싸게 말씀하십니다. 난 퇴근하면 집에선 밥을 하니까 요리라고 적을게. 요리, 단순해 보이던 단어 하나가 아주 천천히 완성됐습니다. 청소와 요리 중 뭘 쓸지 고민하다 한 획 한 획 채워진 귀한 특기였지요.

특기는 요리, 특기는 청소. 교실을 한 바퀴 둘러봤지만 특기에 채워진 내용은 대부분 비슷했습니다. 요리건 청소건 대부분 남을 위한 일이라는 점에서요. 공책에 삐뚤빼뚤 쓰인 글자들을 물끄러미 바라보다 취재수첩을 잠시 내려놓고 투박한 손등을 한참 쳐다봤습니다. 평생 남을 위해 쓰이기만 하다, 자신을 위해선 처음으로 움직이고 있을 굽은 손. 청소와 요리와 고된 노동을 떠나 잠시나마 공부에 푹 빠져 있는 늙고 낡은 손.

검버섯 돋은 손등이 움직이는 모습을 한참 바라보는데 코끝에 익숙한 냄새가 훅 끼쳐왔습니다. 락스 냄새였죠. 여러 개의 손들이 천천히 글자를 완성해나가는 동안, 손에서 배어나온 락스 냄새가 교실을 가득 채운 모양이었습니다. 옅지만 왠지 서글픈 냄새였어요.

그런 적
있으신가요

누가 "뭐하세요?" 하고 물었을 때 대답하기 싫었던 적 있
으신가요.

저는 요즘 그런 질문을 받으면 대답하기가 싫어집니다.
오늘은 어떤 뮤지션의 인터뷰에 따라갔는데요. 인터뷰 말
미에 선배가 저더러도 묻고 싶은 것 묻고, 하고 싶은 말 하
라기에 이것저것 얘기했는데 그분이 갑자기 이렇게 물었
어요. "근데 그 신문사는 왜 들어갔어요? 하긴 나도 대형
음반사랑 계약했지만." 물론 아무 생각 없이, 지나가면서
던진 얘기였겠지만요.

얼마 전엔 시민단체에 강의를 하나 들으러 갔어요. 제가 매달 회비를 내는 곳인데요. 오랜만에 만난 간사님들이 어색해하시며 "취재 아니라 강의 들으러 온 거 맞지?" 하시더라고요.

미안해서 동료들에겐 말하지 못했지만, 이런 말을 듣고 돌아오는 저녁이면 의기소침해집니다. 마음이 겉도는 것만 같아요. 제가 좋아하는 사람들은 대개 제 직업을 부담스러워하니까요.

다른 선택을 해볼까 하는 생각도 정말 자주 합니다. 시도하는 순간부터 이미 소문이 다 나겠지만. 여기 들어온 것도 이미 운이 참 좋았기 때문에 가능한 일이었는데, 또 한번의 운을 기대하는 건 욕심이겠죠.

오래오래 회사를 다니다보면 난 뭘 합니다, 하고 소개하는 일이 덜 힘들게 될까요. 아무래도 배부른 고민일까요. 남들에게 자신을 소개할 때 행복하신가요? 이러이러한 일을 하고 살아요, 하고 말했는데 갑자기 마음이 너무 무거워진 일 같은 건 없으신가요.

저는 요즘 가끔 그렇습니다.

어떤 날

동아리 후배가 죽었어요.

오후에, 세시쯤인가, 회사에 있는데 다른 후배한테 전화
가 왔어요. 그 친구 휴대폰을 경찰이 받는다고.

한 학번 후배지만 동갑이었는데. 제가 만난 사람들 중에
서 정말 제일 똑똑한 친구였습니다. 하도 똑똑해서 항상 장
난으로 넌 대통령 해라, 하고 놀렸거든요. 동아리에서 편집
장도 했고, 공부도 정말 잘하고, 제가 동아릴 그만둘 땐 동
아리 사람들 사진으로 앨범까지 만들어서 줬어요. 그렇게
사람들한테 마음 쓰는 후배였는데요.

경황이 없어서 회사에서 울다, 선배에게 오늘 저녁 회식에 못 갈 것 같다고 말을 했습니다. 저녁에 같은 대학 출신의 기자들이 모이는 환영회 같은 게 있었거든요. 이런 사정이 있어서 빨리 장례식장엘 가야 한다고 했더니 그 선배가, 동문 환영회는 중요한 자리니까 와서 한 시간만 인사하고 가라고 하시더라고요.

통통 부은 눈으로 회식 자리엘 갔어요. 도착했더니 중식 코스 요리가 죽 돌아가고 있었습니다. 밥을 못 먹고 있었더니 선배가 왜 밥도 안 먹고 있느냐고 해서 매운 기름에 절여진 새우를 몇 개 건져 먹었어요. 이 테이블 가서 인사 한 번, 저 테이블 가서 인사 한 번 하다보니 시간이 훌쩍 지났습니다. 일찍 나오고 싶었는데 자리가 어려워서 말도 못 꺼내고……

늦게야 달려간 장례식장엔 동아리 선후배들이 가득했습니다. 누군가는 울고, 또 누군가는 허공만 쳐다보고. 싸웠던 선후배들이 만나서 어색하게 눈인사를 나누는 와중에 누군가 한마디를 했는데요.

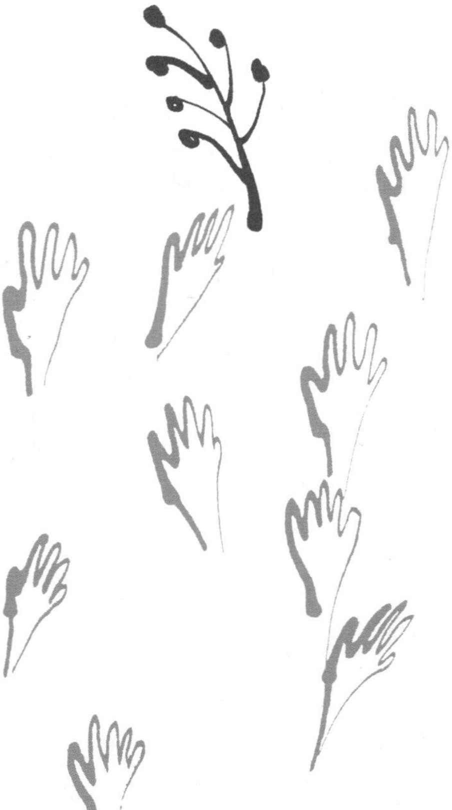

며칠 전에 밥을 먹는데, 외롭다고 했다고.

외롭다고.

모여서 또 울다가 조의금은 어떻게 걷니? 수군거리다가 택시를 나눠 타고 집으로 돌아왔습니다. 돌아오는 길에 다시 누군 출근 걱정, 누군가는 과제 걱정을 해야 했고요.

너무 명석하고 따뜻하고, 하여튼 납득이 안 가는 행동은 한 번도 한 적이 없는 친구였는데 어떻게 이렇게 납득이 안 가는 일을 했을까요. 그런데도 또 우리의 시간은 왜 이렇게 멀쩡히 잘 흐를까요.

이 직

1.

저는 지금 양주의 MBC 연수원입니다. 실무평가가 이제
막 끝났어요. 과제 다섯 개에 면접까지 마치고 서울로 돌아
갈 셔틀을 기다리는 중에 소식 전합니다.

어제저녁에 제 상사인 캡에게 전화를 해서 "딱 하루만
쉬게 해달라"고 부탁드리고 하루 휴가를 얻어서 이곳에 왔
습니다. 사회부 막내가 평일에, 그것도 전날 캡에게 전화해
서 하루를 빼달라고 부탁하는 건 정말 말도 안 되는 일이
지만 너무 오고 싶어서 어쩔 수 없었어요.

붙을지 떨어질지 전혀 알 수도 없고, 이 단계를 넘긴다 해도 최종 면접이 기다리고 있겠죠. 그래도 정말 홀가분합니다. 무리해서라도 이렇게 시험을 쳐봤으니 이제 미련 없이 열심히 살 수 있을 것 같아요. 결과와 상관없이 제가 속한 곳, 함께 일하는 사람들을 긍정할 힘이 생겼어요.

어떻게 될지 모르지만 소식 전해드릴게요.
전 마음이 가벼워졌어요.

2.
어젯밤 한시가 다 돼서 집에 도착해 거울을 보니, 오른쪽 눈의 흰자위가 빨갛게 물들어 있었다. 눈의 실핏줄이 터졌다. 몇 시간 눈을 붙이고는 또다시 북부지검으로 출근했다. 주말이 사라진 지는 오래다. 국회의원 11명의 후원회 사무실을 압수수색하면서 모든 게 발칵 뒤집혔다. 도봉역 근처, 북부지검은 의정부 바로 옆 동네다. 잔잔한 동네에서 혼자 높이 솟은 북부지검 12층에선 근처 산자락이 훤히 보이는데, 장관이다.

몸은 피곤하고 정신은 너덜너덜하다. 하지만 새로운 곳,

새로운 사건 속에 던져지면 미처 몰랐던 새로운 감각이 깨어나기도 한다. 조바심 내진 말아야지 다짐하면서도 매일 아침이면 다시 초조해진다.

다음주 월요일에 MBC 최종 면접이 있다. 라인에서 하루를 또 빠질 수 있을까. 50퍼센트 혹은 33퍼센트의 확률에 모든 걸 걸고, 지금을 내던져야 하는 걸까.

3.

어제저녁 마지막으로 팀 회의에 참석했습니다. 제가 MBC 시험을 다시 쳤고 붙었다는 걸, 선배가 팀원들에게 알려주셨어요. 다행히 많은 분들은 무조건 자기가 하고 싶은 걸 선택해야 한다고 고마운 말씀을 해주셨지만, 가지 말라고 말리는 분들도 계세요.

떠나는 일이 쉽지 않을 줄 몰랐던 건 아니지만 생각보다는 훨씬 더 죄송하고 또 아쉬운 마음이 듭니다. 아무래도 첫 직장이어서 그런 걸까요.

전 낙엽을 쌩쌩 맞으면서 회사로 갑니다. 정리할 게 남아서요.

그동안 제 이직 타령, 들어주셔서 정말 고맙습니다.
주위 사람들한텐 얘기하기 참 힘들었는데.

제 인생에서 다신 없을, 중요한 가을이었어요.

양복 뒷자락이
말해주는 것

선배를 따라 봉하마을로 출장을 다녀왔습니다. 예고와 엔드크레디트를 만드는 단출한 일도 끝나갑니다. 본편이 완성되기 전에 조연출이 엔드크레디트를 먼저 만드는 경우가 있는데 그럴 때면 묘한 기분이 듭니다. 몇 번 스쳐지나간 사람에게 나도 모르게 정이 들어 '다음에 만나면 꼭 인사해야지' 하고 다짐해놓곤, 정작 그뒤로 한 번도 만나지 못하는 사이가 된 것만 같아서요. 선배와 카메라맨이 공들여 찍은 화면을 편집실에서 천천히 돌려보며, 짧은 작별 인사의 장면을 고릅니다.

이번 촬영에서 만난 사람들 중엔 전직 대통령을 지키던 경호원도 있었어요. 추도행사가 끝나고 사람들이 마을을 빠져나간 다음날, 관계자들이 따로 묘역을 찾았습니다. 행사 내내 바빴기 때문인지 편한 복장으로요. 그 무리 속에서 경호원은 유난히 눈에 띄었습니다. 혼자 말끔한 검은 정장 차림이었거든요. 선이 굵고 뚜렷한 얼굴이라 입고 있는 정장이 유난히 더 엄숙하고 말끔해 보였습니다.

묘역 앞에 선 사람들은 각자의 방식으로 추모를 올렸습니다. 눈물을 보이며 허공을 바라보는 사람, 한숨만 길게 내쉬는 사람…… 제각각의 추모가 끝난 사람들은 몸을 돌려 다시 묘역을 걸어나갔습니다. 그 장면을 돌려보다 저도 모르게 멈춤 버튼을 눌렀어요. 경호원의 정장 뒷자락이 너무 심하게 구겨져 있었거든요.

앞에서 볼 땐 그렇게 단정하고 멋지던 정장이, 뒤에서 보자 나달나달했어요. 얇게 스트라이프가 들어간 검은 재킷 끝단은 오래돼 닳은 것처럼 보이기까지 했습니다. 말끔하게 격식을 차린 앞모습만 봤을 땐 알아채지 못했던 뒷모습의 허술함이었지요.

어쩌면 그 정장은, 꽤 오랜만에 옷장 속에서 나왔는지도 모릅니다. 아무리 경호원이라 해도 정장을 입고 격식을 갖출 일은 드물었겠지요. 옷장 속에서 오래 묵은 옷감이 방심한 나머지 살짝 해지려는 찰나, 추모의 날이 돌아와 오랜만에 차려입은 정장일지도요.

화면을 멈춰둔 채 양복 뒷자락을 한참 바라봤습니다. 구겨진 채 낡아 있는 옷감이었지만 마치 표정이 있는 것처럼 보여서요. 옷자락이 말을 걸어오는 것 같았습니다. 시간은 빳빳하고 날쌔던 옷감을 낡게 만들고, 누군가를 떠나보내게도 합니다. 하지만 시간이 흐르기 때문에 영원히 슬프거나 괴로운 일도 없죠. 모든 것을 닳고 낡게 만들지만 또 새로운 세상을 탄생시키기도 하는 것, 바로 그 시간 덕분에.

나흘간 수없이 마주쳤던 그리움과 회한의 풍경들, 수많은 표정들보다 훨씬 강렬한 단 하나의 장면이 거기 있었습니다.

아

방송중 크게 뜬 속보를 보고 무슨 일인가 싶어 텔레비전 모니터로 고개를 돌렸습니다. 마침 청취자가 보낸 문자 중에 단원고에 다니는 자신의 딸도 그 배에 타고 있다는 내용이 있었고요. 문자를 보낸 아버지와 전화 연결이 됐습니다. 아버지에게서 번호를 받아 배에 있다는 아이에게도 전화를 걸었죠.

전화가 연결됐고 두 진행자가 아이의 이름을 부르며 배의 상황을 물었습니다. 아이 역시 우리에게 무슨 말인가를 전하려 했지요. 하지만 전화 상태가 좋지 않아 외마디 '아'

소리만 남긴 채 끊겨버렸습니다. 그러고는 다신 연결되지 않았어요.

오전 열한시쯤 방송이 끝났는데, 그때까지도 무슨 일이 일어나고 있는지 전혀 몰랐습니다. 뭐가 어떻게 돌아가는 지 속보를 내보내는 방송사에서 일하는 사람들조차 몰랐 죠. 시간이 꽤 흘렀지만 달라진 건 많지 않습니다. 여전히 세월호의 많은 부분은 무지의 영역에 묻혀 있으니까요.

수도꼭지를 틀어 물을 흘려버리듯 아까운 시간이 흘러 갔습니다. 그사이 저도 사람들도 자기 자리로 돌아가 일도 하고 일상을 살아가죠.

그런데 이상하게도, 무의식 어딘가에선 세월호가 더 깊 게 가라앉는 것 같습니다. 의식의 영역에서는 세월호를 떠 올리거나 언급할 일이 점점 줄어들고 있지만 말이죠. 출근 길 택시에서 멍하니 창밖을 바라볼 때, 잠들기 전 의식이 몽롱해질 때, 세월호가 불쑥불쑥 기억납니다. 아직은 어떤 말로도 정리하기 어려운 그 거대한 사건이 서늘하게 마음

한 켠을 스치고 지나가는 걸 느낍니다.

　그날 이후 생존자 명단에선 끝내 발견할 수 없었던 아이의 이름과, 무기력하고 무능한 공동체의 일원이었다는 것만으로도 드는 후회와 분노. 이 모든 게 동그랗게 뭉쳐 '아' 소리가 나는 작은 돌멩이로 변한 것 같습니다. 그래서 이렇게 잠이 오지 않는 밤이면 데굴데굴, 마음속을 하염없이 구르기 시작합니다. 잊을 수 없는 외마디, '아' 하는 소리와 함께요.

나의
본질

요즘 저는 스스로를 대상으로 한 임상실험의 연구자가
된 기분이 듭니다.

관찰자도 저, 대상자도 저.

　그 어떤 외부의 사건에도 휘말리지 않는, '본질적인 나'
라고 할 수 있는 영역은 얼마만큼일까요.

어 떤 하 루

정말 특별한 하루였습니다.

1년 전 이맘때 저는 어떤 사람을 만나고 있었어요. 결혼을 정말 원하는 사람이었는데, 저는 그렇지 않았고요. 서로를 프라이팬 위에 올려놓은 것처럼 들들 들볶았죠. 항상 같은 문제로 싸우고 또 싸우고, 서로를 괴롭게 했는데도 타협점이 전혀 보이질 않았고요. 결국 밑바닥을 탈탈 털어서 다 보고 헤어졌는데 그게 거의 1년 전이었습니다.

접점이 없는 사람이었던지라 소식을 들을 일도 없었고 단 한 번도 만날 일이 없었습니다. 헤어지면서 들었던 각종 괴로운 말들 때문에 한동안 그 말들과 싸우느라 고생을 좀

했어요. 그 사람이 남기고 간 각종 저주와 악담들은 활자의 형태가 돼서 저를 쫓아왔거든요.

그리고 딱 1년이 흘렀습니다. 저는 다른 사람을 만나기 시작했어요. 근데 오늘 무슨 일이 있었냐면요.

방배동에 한샘 플래그십 스토어라고 있어요. 이케아 스타일로 꾸며놓은 곳인데 조명이 하나 필요해서, 남자친구랑 만나서 조명을 구경하러 갔지요. 날씨도 좋고, 차를 타고 가면서 목청껏 노래를 불렀죠. 정말 기분좋은 토요일 오후였어요. 서재를 둘러보며 이것 예쁘다, 이렇게 해도 멋지네, 하고 둘이 얘기하고 있을 때였는데요. 낯익은데 낯선 얼굴이 딱 보이더라고요.

그 사람이었어요. 옆에는 어떤 여자와, 그 여자의 어머니로 보이는 사람이 있었고요. 한눈에 알아봤습니다. 결혼을 앞두고 살림을 장만하러 온 길이라는 걸요. 2초 정도 눈이 마주쳤던 것 같아요. 웃는 표정이 편안해 보였어요. 곁에 있는 가구에 대해 뭐라고 얘기를 나누더라고요. 나를 보고 미소 지은 건지 아니면 신혼살림을 구경하는 재미에 미소를 지었는지는 잘 모르겠어요.

저는 하도 당황해서, 남자친구의 손을 잡아끌고 그곳을 걸어나와서 근처 카페로 들어갔어요. 무슨 일이냐고 하기에 자초지종을 얘기했더니, 한참 웃더라고요. 그리고 그 사람들이 쇼핑한 물건들을 한가득 차에 실어 담고 떠나는 모습을 같이 지켜봐줬어요. 카페 창가에 평화롭게, 나란히 앉아서요.

그냥 누군가에겐 꼭 전하고 싶어 오늘 하루 풍경을 남깁니다.

회 사 원 의
사 랑

　　회사를 사랑하게 된 회사원만큼 비참한 존재가 있을까
요. 아니 애초에 회사원과 회사 사이에 '사랑'이라는 단어
가 개입할 여지가 있을까요. 그런데 종종 회사를 사랑하는
회사원들을 봅니다. 사랑의 대상이 회사니 사랑의 양태도
좀 다를까 싶지만, 매한가지입니다.

　　다른 모든 사랑처럼 회사에 대한 사랑도 구애로 시작됩
니다. 구구절절한 연서와 몇 번의 임기응변으로 가까워질
기회를 잡죠. 이즈음 회사원의 마음은 호기심에서 본격적
인 사랑으로 발전합니다. 사랑의 정점은 의외로 빨리 찾아

오는데, 입사가 결정됐지만 아직 발은 들여놓지 않았을 때입니다. 이 시기의 사랑은 판타지에 가깝습니다. 설렘과 기대 그리고 사랑을 쟁취하는 데 성공했다는 자부심이 가득한 시기. 주위의 축하는 덤이죠.

사랑의 쇠퇴는 순식간에 찾아옵니다. 어느 순간 사랑해 마지않던 회사가 엉망진창이란 걸 깨닫게 되죠. 혹은 사랑에 빠진 사람들이 그렇듯, 원래 볼품없었지만 무턱대고 사랑했다는 사실을 깨닫습니다. 하지만 사랑의 감정은 단번에 거두어지지 않기에 애써 회사를 멀리해봅니다. 회사와 나를 분리시킬 거야, 덜 사랑할 거야, 하고 안간힘을 쓰죠.

회사원의 필사적인 거리 두기가 시작되어도 회사는 아무 반응이 없습니다. 아니, 아무런 반응을 보일 수가 없다고 해야겠네요. 회사가 사랑할 수 있는 존재며, 보답하기도 하는 존재라는 착각의 책임은 온전히 회사원의 몫이니까요. 회사원은 혼자 사랑에 빠졌던 주제에, 상처도 제멋대로 받습니다.

회사와 자신을 분리하겠다던 다짐이 현실이 되어갑니다. 회사의 희로애락이 모두 내 일처럼 느껴지던 때도 있었는데 점점 무뎌져가죠. 낯모르는 사람이 무슨 일 해요? 하고 물어보면 그냥 노는데요, 하고 대답합니다. 가끔은 회사를 떠나는 상상도 합니다. 퇴직금을 받으면 하고 싶은 공부를 해볼 수도, 긴 여행을 떠날 수도 있을 것 같거든요. 비슷한 처지의 다른 회사원들을 관찰합니다. 제각기 사랑에 빠졌다가 거두기도 하고 좌절하기도 한 사람들이죠. 나도 그렇게 훌쩍 떠날 수 있을 것 같은 용기가 생깁니다.

새벽 늦도록 회사를 버리는 상상을 하며 잠을 이루지 못합니다. 상상만으로도 통쾌해지거든요. 설핏 짧은 단꿈이라도 꿨나 싶으면 알람이 울립니다. 꿈에선 분명히 회사를 박차고 나서 먼 곳으로 떠났는데, 아침이 되자 모든 게 그대롭니다. 지하철과 버스를 갈아타고 겨우 회사에 도착하면, 회사원의 마음은 복잡해집니다. 아직 완전히 버리지 못한 기대 때문에 약간은 설레면서도, 차곡차곡 쌓인 배신감 때문에 비참해지죠.

퇴근길엔 또 똑같은 다짐을 합니다. 내일은 회사를 덜 사랑해야지. 아니 회사를 사랑하지 말아야지. 되풀이되는 회사원의 이상한 하루입니다.

선배

광화문의 한 카페를 지날 때면 떠오르는 기억이 있습니다. 스물세 살의 제가 부끄러운 줄도 모르고 눈물을 흘리는 장면입니다. 전 직장을 퇴사할 때 마지막으로 선배에게 인사드린 카페에서였죠. 제게는 첫 선배로 기억되는 분인데, 짧은 기자 시절의 팀장이셨습니다.

그땐 스스로 철이 없는 줄도 몰랐지만 돌이켜보면 모든 일에 미숙했습니다. 명색이 기자였는데 단독은커녕 매일 발제하기 급급해 말도 안 되는 아이템만 내놓았죠. 그런데도 선배는 저를 포함한 대부분의 후배를 후하게 격려하고 칭찬했습니다.

가장 놀랐던 건, 다른 회사 시험을 보고 와서 그 사실을 털어놓았을 때입니다. 혼날 각오를 하고 들어간 자리였는데 선배는 놀란 기색 없이 담담하게 한마디를 하셨죠. "붙으면 네가 원하는 곳에서 일하게 돼서 좋고, 떨어지면 지금처럼 함께 일할 수 있어 좋은 것"이라고요. 그 한마디가 어쩌나 감사했는지 아직도 잊을 수 없습니다. 그런 상황에서 좋은 말을 해주기가 얼마나 힘든지, 이제는 알거든요.

가끔 몇몇 선배들을 떠올립니다. 선배 때문에 울기도, 웃기도 했던 기억들도 함께 떠오릅니다. 어쩌면 더이상 일을 같이 하지 않기 때문에 맘 편히 회상할 수 있을지도 모르지만요.

좋은 선배를 만날 수 있는 시기, 정확히는 선배의 좋은 면에서만 영향을 받을 수 있는 시기는 생각보다 짧았습니다. 모든 일에 적당한 시기가 있다는 말을 실감합니다. 이제는, 저 자신이 후배들에게 민폐나 끼치지 않는 선배가 되었으면…… 하는 작은 소망을 가지고 삽니다.

두 번 째
파 업 의 기 억

2017년 8월, MBC 노조의 총파업이 시작됐습니다. 지난 몇 년간 일상화된 억압을 견디지 못한 시사와 보도 부문에서 제작 거부를 시작하면서, 제가 속한 라디오국을 비롯한 모든 부문이 파업에 들어갔습니다. 개인적으로는 두번째 파업이었어요.

사무실에 출근한 마지막날, 긴 복도를 걸어 퇴근하다 몇 번이나 뒤돌아봤습니다. 언제 다시 돌아와 이 복도를 걷게 될지 알 수 없었거든요. 처음이 아니라 해도, 아니 수없이 겪었다 하더라도 파업은 두려운 결정입니다. 일단 월급이 끊기니 평소처럼 생활하기 불안해지죠. 월급도 월급이지만 파업의 결과를 확신할 수 없다는 게 치명적입니다. 지난 2012년 파업 이후 많은 사람들이 쫓겨나거나 회사를 떠났고 남은 사람들은 무기력해진 채 몇 년을 보내야 했거든요. 나름대로 적응해서 살고 있는데 굳이 또, 전선을 만들어야 하는지 의문을 품는 사람들도 있었습니다. 제게도 그런 마음이 조금은 있었고요. 싫든 좋든 굴러가던 일상을 멈춘다는 건 쉽지 않은 일이니까요.

그런 제 시큰둥한 마음에 찬물을 끼얹은 건, 파업이 시작되고 얼마 지나지 않아 사표를 쓴 뉴스AD 다섯 사람이었습니다. 계약직이기에 파업에 동참할 순 없으니 아예 일을 그만둔 거죠. 2년 계약직이라 길게는 1년 7개월의 계약 기간을 남겨둔 사람도 있었습니다. 무엇보다 그들은 '사표'라는 단어와는 도무지 어울리지 않는 이십대 초중반의 앳된 청년들이었어요.

이제 막 백수가 된 다섯 사람이 집회에 나와 짧은 작별 인사를 전했습니다. 서울에서 일을 하게 돼 기쁜 마음에 사투리도 애써 고쳤는데 이제 다시 고향으로 돌아가야 한다며, 그래도 홀가분하다고…… 그동안 뉴스를 제작하는 현

장에 있는 게 괴로웠다고…… 돌아가며 한마디씩 하라고 마이크를 준 짧은 순간, 한 명이 이렇게 말했습니다.

"우리를 기억해주세요."

주변은 순식간에 눈물바다가 되었습니다. 그 순간 사람들의 마음엔 빚이 하나 늘어났을 겁니다. 파업도 정당한 권리라고, 공정방송을 위한 파업이라고 외치는 와중에 이들처럼 일자리를 던지는 것으로 저항하는 사람들이 있습니다. 프로그램이 중단되면서 강제로 쉬게 된 스태프들도 많지요. 상대적으로 잃을 게 많지 않은 저 때문에, 대신 무언가를 잃어버리고 있는 중일지도요.

로비 바닥에 앉아 눈물을 찍어내며 한기를 견디는데, 창밖으로 한창 조형물을 청소하는 분들이 보였습니다. 집회가 시작될 때도 청소중이셨는데 두어 시간이 지나고도 끝나지 않은 모양이었어요. 은색의 거대한 구 모양 조형물에 매달린 작업자 두 분이, 땡볕 아래서 작은 조각들을 닦아내고 있었습니다. 직원들은 파업에 들어가 일손을 놓은 지 오래였지만 청소는 쉼이 없었죠. 텅 빈 사무실엔 청소하는 분들만 남았고 아무도 밟지 않은 복도에서도 왁스칠은 계속됐습니다.

다행히 두번째 파업은 상대적으로 짧았습니다. 한여름에 시작된 파업은 초겨울에 접어들며 마무리됐습니다. 저와 동료들은 다시 사무실로 출근하기 시작했고요. 바닥은 여전히 주기적인 왁스 청소로 반질반질 윤이 납니다. 우리를 기억해주세요, 하고 일자리를 던졌던 청년들이 돌아왔다는 소식도 들려왔죠. 누군가는 일을 중단하는 것으로, 누군가는 일자리를 내던지는 것으로, 그리고 또 누군가는 변함없이 회사를 쓸고 닦는 것으로 스스로를 증명했던 날들이었습니다.

파업이 끝나고, 다시 일의 시간입니다.

기도하는
이유

요즘 들어 기도가 더욱 절실해집니다. 사람을 미워하지 않도록, 올바름에 대한 분별력을 가질 수 있도록, 필요할 때는 용기를 낼 수 있도록, 그리고 무엇보다 현실에 좌절하고 절망하지 않게 해달라고 말이죠.

기도할 수조차 없었다면, 이 시간들이 정말로 너무 괴로웠을 것 같습니다.

선택의
흔적

일 때문에 마음이 벅차오르는 순간을 평생 얼마나 경험할 수 있을까요. 몇 해 전 〈PD수첩〉팀 조연출로 잠깐 있을 때, 완제 시간이 되면 마음이 벅차오르곤 했습니다. 정확히는 프로그램 타이틀을 붙일 때 그랬죠. 오래되고 촌스러운 시그널이 흘러나오며 프로그램 로고가 날아와 화면 한가운데 들어서던 순간에요.

사실 그 팀에 있을 때도, 선배들을 따라다닌 것 외에 뭔가 제대로 할 수 있는 일이 없었습니다. 그 무거운 공기만 기억할 뿐이지요. 2011년 무렵, 제가 소속돼 있던 시사교양국은 매일이 아수라장이었던 것으로 기억합니다. 취재를 하다 중단되기도, 다 만들어진 방송이 불방되기도 했으니까요. 그렇다고 반려된 아이템들이 어마어마한 특종이었던 것도 아니었습니다. 다른 매체에선 일상적으로 얘기되던 내용들이었지요. 〈PD수첩〉뿐 아니라 당시 MBC의 많은 프로그램들이 그랬습니다.

그로부터 얼마 지나지 않아 170일간의 파업이 시작됐고 많은 사람들에겐 파업 이후 더 괴로운 시간들이 기다리고 있었습니다. 해고나 부당 전보, 징계가 속출했죠.

영화 〈제보자〉를 보고 왔습니다. 줄거리는 익히 아는 이야기라 덤덤한 마음이었어요. 배우 이경영씨의 모습이 정말 황우석 박사를 빼다박은 듯하더라고요. 제가 어렴풋이 기억하는 회사의 모습들도 보였습니다. 6mm 카메라를 들고 종종걸음 치는 조연출이나, 취재 도중 가방 속 카메라의 각도를 슬쩍 조정하는 PD나, 사무실에서 형 동생 하는 극중 배우들에게서 말이죠. 물론 그 모든 게 제게는 과거가 됐다는 것만 빼면 말입니다.

내내 덤덤하다 극중 배우 박해일씨가 불방 결정된 방송을 내보내게 해달라며 사장이 탄 차를 쫓아갈 때 잠깐 울컥했습니다. 방송 강령을 목이 터져라 외치는 장면이었는데요. 오랫동안 존재조차 잊고 살았던 방송 강령에는 이런 내용들이 나옵니다.

"우리는 방송의 주인이 국민임을 명심하고 공영방송으로서 정직한 언론과 건강한 문화 창달을 통해 사회적 공익과 국민의 권익 증진에 이바지할 것을 선언한다. 우리는 편성, 보도, 제작의 독립과 자율 그리고 책임을 기반으로 국민이 참여하는 열린 방송을 지향하며 국민의 알 권리를 위해 최선을 다한다."

정말 아름답고 아련한 문장이죠. 방송 강령을 처음 접했을 땐 심장이 뛰었습니다. 이런 아름다운 말에 부합하게 살고 싶어서요. 이십대 초반 언저리였던 것 같습니다. 하긴, 그때는 여의도 근처만 와도 이유 없이 두근거렸죠. 누구에게나 이십대 초반은 그런 시절 아닌가요. 쉽게 기대하고 들뜨는.

하지만 이제 분명해진 것 하나는, 제가 그 방송 강령으로부터 멀어졌다는 사실입니다. 대학 시절 소중하게 봤던 많은 프로그램으로부터, 오랫동안 그려왔던 꿈으로부터요. 방송 강령은 더이상 저를 들뜨게 만들지 않습니다. 오히려 가끔은 허무하게 느껴지기도 합니다. 불과 몇 년 만에 일어난 마음의 변화입니다. 그 짧은 시간, 무엇이 저를 그렇게 힘 빠지게 했는지는 잘 모르겠네요. 제가 해고를 당하거나 징계를 받은 것도 아니었고, 일을 빼앗긴 것도 아니었는데 말이죠. 저는 그냥 제 자리에서 혼자서 천천히 그리고 조용히 낙담했습니다. 훨씬 어려운 상황에서도 굴하지 않는 동료들이 많았던 걸 기억해보면 아마 제 마음의, 혹은 기질의 문제였던 것 같네요.

다시 선택의 순간으로 돌아간다 하더라도 달라질 것 같진 않습니다. 대체로 재밌고 즐겁거든요. 하지만 가끔 서글퍼질 때가 있습니다. 언젠가 어떤 직업과 프로그램을 동경했다는 사실이 떠오를 때, 이십대 초반의 애타는 마음이 떠오를 때면 그렇습니다. 아마 그 마음은 사랑에 가까웠던 것 같습니다. 지금은 흔적도 찾을 수 없는 그 마음을 떠올리면, 말로 설명하기 어려운 이상한 기분이 드니까요.

중요한 선택이었습니다. 취재 대신 선곡을, 출장 대신 라디오 스튜디오를, TV 대신 라디오를 택한 건요. 선택이 미래를 바꾸리라고 상상하며 내린 결정이었습니다. 제 모습역시 선택의 방향을 따라 바뀌어왔고요. 지금까지는 대체로 만족스러운 선택이었습니다.

하지만 제가 간과한 게 하나 있었네요. 선택이 미래를바꾸리라는 건 알고 있었지만 과거를 새로 쓸 줄은 몰랐습니다. 아무렇지 않던 과거의 사건들이 선택으로 인해 서글픈 기억으로 탈바꿈하리라곤 상상하지 못했거든요. 정확히무엇이 슬픈지 모른 채 슬퍼질 때, 무엇을 잃어버렸는지 잊은 채 애도하게 될 때, 제 과거는 다시 기록됩니다.

선택은 미래를 바꾸기도 하지만 과거를 새로 기억하게합니다. 미래를 바꾼 대신 과거를 다시 쓸 수밖에 없는 것,이것도 선택의 대가 중 하나인 걸까요.

비 관 으 로
낙 관 하 기

상황은 언제나 나빠지는 것처럼 보입니다. 과거는 분명 영광스러웠던 것 같은데, 미래는 그저 암담하게만 느껴집니다. 1년 뒤, 5년 뒤가 아니라 당장 내일을 떠올리기만 해도 명치끝이 답답해질 때가 있죠. 하나의 난관을 겨우 넘었는데 숨을 돌리기도 전에 또다른 난관이 등장하곤 합니다.

모든 문제를 한 번에 해결할 수 있는 마스터키 같은 건 애초에 존재하지 않았지만, 산 넘어 산처럼 새로운 문제들이 등장하면 맥이 빠집니다. 하지만 가만히 생각해보면 문제가 없었던 적은 없습니다. 아니, 문제는 한 번도 해결된 적이 없었다고 표현하는 편이 더 정확할까요. 지금은 해결된 것처럼 보이는 일들도 시간이 지나면 또다른 상처들을 드러내고 맙니다. 그 상처들은 언젠가 새로운 문제의 옷을 입고 우리 앞에 들이닥치겠죠.

짧은 회사 생활뿐 아니라, 제가 경험한 대부분의 크고 작은 사회가 그랬습니다. 이제는 그 어떤 부문도 합리적이고 정의로울 거라 무턱대고 기대하진 않습니다. 공공의 강력한 의지가 때론 사회를 변화시키기도 하지만, 그 힘이 언제나 올바로 작동하리라는 보장도 없습니다. 우리의, 아니 저 자신의 판단력도 믿지 못할 때가 많은걸요.

일시적으로 상황이 좋아지는 것처럼 보이더라도 언제든 다시 나빠질 가능성은 존재합니다. 사실 나빠질 가능성이 더 많다고 봐야겠죠. 뭔가를 나빠지게 만드는 건 정말로 쉬우니까요. 그냥 아무것도 하지 않고 흘러가는 대로 두면 대개 나빠집니다. 하지만 좋아지게 하려면? 죽도록 노력해야 합니다. 능력도 운도 따라야 하고요.

어쩌면 영원히 부당함과 싸우고 비합리에 몸서리치며 살아야 할지도 모릅니다. 일터에서, 사회에서, 삶의 모든 영역에서. 이상적인 상황은 어디까지나 상상에서만 존재합니다. 제 이런 태도는 단 한 번도 이겨본 기억이 없는 세대 특유의 비관주의일까요. 하지만 이 비관주의 덕분에, 크게 실망하거나 상심할 일도 없습니다. 남은 날들이 두렵지도 않습니다. 어떤 일이 닥쳐도 크게 당황하지 않을 것 같거든요. 어차피 문제는 언제나 존재할 테니, 너무 낙심하지 않고 그때그때 분량의 힘을 낼 수 있기를 바랄 뿐입니다.

다만 제가 바라는 게 단 하나 있다면, 언젠가 제가 구현할 작은 세계에서 일어날 약간의 도약입니다. 남들은 알아보지 못하더라도 말이죠. 언젠가 그런 날이 왔다고 느낀다면, 굉장히 작고 보잘것없는 변화라 할지라도 기적처럼 느껴지겠죠.

지금의 상황에서 제가 꿈꿔볼 수 있는 가장 좋은 것은 어쩌면 '고작' 이런 것. 하지만 전 이 정도로도 괜찮습니다. 오늘도 비관으로 낙관하며, 그저 하루를 무사히 버텨낼 뿐입니다.

3부

멈추어 듣다

1월 1일의
결 심

올해 1월 1일은 여러모로 의미심장했다. 송구영신 예배를 갈까 말까 마지막까지 고민하다 지각을 했다. 모두 앉아 있는데 우리만 자리가 없어 한참을 서 있었다. 30여 분을 서 있었을까, 근처에 앉아 있던 남자가 갑자기 벌떡 일어나더니 어디론가 가서 의자 두 개를 가져온다. 여기 앉으세요, 하길래 황망하게 감사 표시를 하곤 자리에 앉았다. 고마우면서 민망했다.

교회를 나서는데 도무지 택시가 잡힐 것 같지 않아 서울역까지 걸어갔다. 서부역 쪽에 도착하니 택시 줄이 길었다.

정문 쪽이 낫지 않을까 싶어 서울역을 가로질러 넘어갔다. 줄은 더 길었다. 돌아가긴 귀찮고 날씨가 차가웠다. 기다리기 시작한 시간이 이미 새벽 한시 반이었다.

새벽 세시가 되어서야 택시를 탈 수 있었다. 새벽녘 서울역 앞의 기나긴 택시 행렬은 줄어들지를 않았다. 짙은 색 점퍼를 입은 사람들이 앞뒤에서 발을 동동 구르며 애타게 택시 한 대를 기다렸다. 콜택시들은 아무리 불러도 응답이 없었다. 줄이 줄어들어 내 앞에 세 사람이 남았을 땐, 정말 발가락이 떨어져나갈 것만 같았다.

그 와중에도 내 앞의 남자는 "누나, 그래서 지금 누나한 테 와달라는 거야, 어쩌라는 거야?" 하며 정체 모를 누나와 한참 썸을 탔다. "아니 누나, 나 지금 택시 탄다니까, 어딘지 주소만 부르라고!"

남자가 택시를 잡아타고 떠난 후에도 20여 분이 지나서야 우리 차례가 돌아왔다. 기사님이 대뜸 왜 서부역에서 타지 않고 여기서 탔냐며, 밤에는 서부역에 택시가 훨씬 많다고 혀를 차셨다. 입이 얼어붙어 대답을 할 수가 없었다.

온몸이 시려 온수매트를 켜고도 뜨거운 물주머니를 껴안고서 겨우 잠들었다. 몇 시간 눈을 붙이고 일어나 떡국을 끓여먹고 출근하던 길에선 그만, 비둘기 시체를 보고 말았다. 깃털이 여기저기 흩뿌려져 있는 사이로 비둘기 한 마리가 헝겊더미처럼 누워 있었다. 항상 지나다니는 길 위 한복판이었다. 하마터면 밟을 뻔했던지라, 작게 몸서리를 쳤다.

　새벽녘까지 추위에 덜덜 떨다 겨우 추스르고 출근하는 길에 본 죽은 비둘기. 새해 첫날의 풍경치곤 좀 살벌하지 않나 싶다가도, 새해 첫날이라고 특별한 시작을 기대한 스스로가 우스워 민망해졌다. 나도 모르게 뭐든 술술 풀리리라고 기대했던 거다. 붐비는 인파 속에서도 내 앞에는 빈 택시가 서기를, 내가 다니는 길에서는 그 어떤 흉흉한 일도 일어나지 않기를. 세상 이치가 그렇지 않다는 건 이미 잘 알고 있는데도 말이다.

　모두 '새해 복 많이 받으세요'라고 얘기하지만, 그런 새해란 존재하지 않는다. 복된 일만 있거나 행복하기만 한 한 해 같은 건 말이다. 언제나 적당량의 고통과 괴로움이 기본값으로 세팅되어 있는 곳, 그리고 그 위에서 드문드문 즐겁거나 행복한 일이 벌어지는 곳. 이것이 내가 인식하고 있는 세상의 모습이다.

그렇다고 처음부터 끝까지 나쁘기만 한 건 아니다. 기본적으로 황량한 디스토피아지만 군데군데 작은 빗물이 고이는 것처럼 유토피아가 깃드는데, 이 유토피아들은 오로지 기대하지 않고 사는 사람들에게만 모습을 드러낸다. 세상이 온통 오아시스이기를 기대한 사람들에겐 작은 웅덩이가 보일 리 없으니까 말이다. 그러므로 작은 낙관의 순간들은, 오로지 철저하게 세상을 비관하는 사람들에게만 주어지는 보상이다.

경건하고 산뜻하게 시작하고 싶었지만 추위에 덜덜 떨다 비둘기 시체를 밟을 뻔한 1월 1일. 올 한 해도 역시나 세상은 소란하고 만사는 마음 같지 않을 것이다. 하지만 그렇기 때문에 실망하지 않고 기운을 내서 살아가게 된다. 괴로움 많을 한 해 속에서, 작게 빛날 짧은 행복들을 기대하면서.

있는 힘껏 세상을 비관함으로 오히려 덤덤하게 세상을 살아나가기. 새해에 유일하게 한 다짐이다.

라 면
냄 새

　붐비는 홍대 밤거리에 웬일로 택시 한 대가 서 있기에 달려갔다. 문을 힘차게 열어보니 라면 냄새가 훅 끼친다. 기사님이 라면 봉지에 뜨거운 물을 부어 식사를 하는 중이셨다. 일단 앉으라는 손짓을 하곤, 잠깐만 기다려달라고 하신다.

　뒷자리에 앉으니 짜고 매콤한 냄새가 잔잔하게 퍼져온다. 미안해요 잠깐만…… 하면서 라디오를 켜주신다. 나는 가만히 자리에 앉아 라면 냄새를 맡았다. 괜히 휴대폰을 만지작거리며 창밖을 바라보는데 기사님이 라면을 후후 불어 드시는 소리가 차 안에 울려퍼진다. 봉지를 기울여 남아 있는 국물까지 후루룩후루룩.

"기다려줘서 고마워요, 출발할게요." 텅 빈 라면 봉지는 작게 구겨진 채 검은 비닐봉지 안으로 들어갔다. 좁은 택시 안은 여전히 라면 냄새로 가득했다. 창문이라도 열까 하는데 하늘에서 함박눈이 내리기 시작했다. 때마침 라디오에서도 디제이의 멘트가 끝나고 캐럴이 흘러나왔다.

하늘에선 함박눈이 내리고 온 세상이 우릴 축복해, 오늘은 고백할래 사랑해……. 라면 냄새로 가득하던 택시가 순식간에 행복에 겨운 노래들로 차오르기 시작했다. 방금 누군가 혼자 끓여먹은 라면 냄새를 애써 밀어내기라도 하는 것처럼. 나는 잠깐 이 라면 냄새가 어디로 사라져갈지 상상했다. 온통 흥겹고 신나는 연말 분위기 속에서, 라면 냄새가 있을 만한 곳은 없어 보였다.

집에 와서 현관문을 열어보니 집에서도 라면 냄새가 마중을 나온다. 서로 바빠 일주일에 한 번 겨우 같이 밥을 먹을까 말까 한 남편과 나. 배고팠을 남편이 급하게 끓여먹고 나간 라면 냄새가 집 안에 가득하다. 양이 적었을 텐데 밥이라도 말아먹지, 싶어 전기밥솥을 여는데 밥이 쉰 지 오래다.

맛있는데 이상하게 서글픈 냄새. 내가 먹을 땐 좋은데 남이 먹을 땐 왠지 마음 쓰이는 냄새. 세상에 라면 냄새 같은 게 또 있을까.

코 털 과
흰 머 리

사람들과 이야기를 나누다보면 의도치 않게 눈이 아닌 다른 곳을 보게 될 때가 많다. 눈 바로 밑에 있는 코라든가 (대화할 때 상대방의 코를 보는 게 오히려 자연스럽다는 얘기도 있지 않은가) 눈 조금 위에 위치한 이마나 머리를 볼 일이 많다. 그러다보니 거기서 자라나는 털까지 함께 보게 된다. 코털과 머리카락이다. 콧방울에서 수줍게 빠져나온 코털이나, 검은 머리들 사이에서 우뚝 솟아오른 짧은 흰머리한 올.

코털과 흰머리의 존재를 한 번에 알아채긴 쉽지 않다. 자신의 털일수록 더욱 그렇다. 우리는 대부분 무표정한 채

거울을 보면서 오늘 상태가 나쁘지 않군, 안심한다. 하지만 얼굴은, 거울에 비추어질 때를 빼고는 대부분 다양한 표정을 짓는다. 우리가 박장대소하고 찡그리거나 말하는 사이 털들은 자연스레 솟아오르지만 스스로는 알 길이 없다. 오로지 남들 눈에만 보일 뿐이다.

그렇게 존재감 강한 코털이나 우뚝 솟은 흰머리를 보게 되는 날이면, 잔상이 오래 남는다. 전혀 그럴 것 같지 않은 사람에게서 발견하게 되는 날이면 더 그렇다. 코털과 흰머리야말로, 가까운 누군가와 찬찬히 대화 나누며 살고 있는지 알려주는 지표 같아서다. 대충 아는 사이에서는 쉽게 보살펴줄 수 없는 일들이 몇 가지 있는데 코털과 흰머리가 그렇다. 아주 친밀한 사이, 연인이나 가족과 얼굴을 찬찬히 맞댈 일이 많아야만 깔끔하게 관리할 수 있다.

코털과 흰머리를 많이 보고 집에 돌아온 날이면 내 얼굴도 한참을 요리조리 비춰보게 된다. 나는 어떻게 살고 있나, 얼굴 잘 쳐다보고 얘기 나누고 살고 있나 확인하기 위해서다. 왠지 부정하고 싶은 마음이 들긴 하지만, 코털과 흰머리를 발견해주는 것이야말로 가장 큰 사랑과 관심의 징표 아닐까.

온도와
습도의 병

　내게는 희한한 증상이 있다.

　'온도와 습도의 병'이라고 혼자 이름 붙인 이 증상은, 현재의 대기 환경이 과거 어느 시점과 같아질 때 당시의 기억에 소환당하는 현상이다. 거대한 3차원의 그래프가 있다고 생각해보자. 온도, 습도, 바람이 각각 한 축을 담당하며 움직이고 있다. 그러던 어느 날, 세 점이 기록한 곳의 위치에너지가 과거 어느 순간과 같을 때, 그 지점에 저장되어 있던 기억이 불쑥 튀어나오는 것이다.

　예를 들어, 1994년 10월 20일 오전 열시에 목욕탕 가던 길의 온도, 습도, 바람의 세기가 바로 오늘 오후와 같은 지점을 기록한다고 치자. 그 순간 나는, 1994년 부산의 궁전 목욕탕 카운터 앞에 서 있던 장면을 떠올리게 된다. 대부분 평소엔 기억하지도 못했던 순간들로 아주 잠깐 떠올랐다가 금방 사라지고 만다.

원인이 온도와 습도 그리고 바람이라고 결론지은 것은, 이 증상이 주로 계절감과 밀접하게 관련돼 있기 때문이다. 갑자기 어떤 기억이 떠올라 가만히 되짚어보면, 과거의 같은 시기인 경우가 많다.

오늘은 카페에 자리잡고 책을 펼치자마자 갑자기 눈앞에 장미칼 써는 장면이 떠올랐다. 몇 년 전 한참 유행하던 장미칼은 칼에 장미 종류의 꽃이 화려하게 새겨져 있는 게 특징이었는데, 쇠도 썰고 자물쇠도 썰고 못 써는 게 없다는 광고로 인기를 끌었다. 언제였더라, 하고 찾아보니 〈불만제로〉 장미칼 편이 4년 전 이맘때 방송됐다고 나온다. 라디오로 부서를 옮기기 전의 기억 한 장면이다.

이 온도와 습도의 병은 증상이 언제 나타날지 예측 불가능해서, 아주 어릴 때 벌레를 잡던 기억부터 10여 년 전 백화점에서 특정 브랜드의 옷을 입어보던 순간까지 기억의 세계를 종횡무진하며 가라앉아 있던 장면들을 떠오르게 한다. 마치 무의식 구석에 오랫동안 틀어박혀 있던 기억들이 나도 여기 있어, 하고 항의하는 것만 같다. 중요하지 않아서, 특별하지 않아서 나도 모르게 편집해버린 장면과 사건들이 감각의 위치에너지가 일치하는 우연의 순간에 비로소 다시 한번 살아나는 것이다.

그럴 때면 숙연해진다. 그래, 내 인생에 이런 장면도 있었지, 이런 사람도 이런 시절도 있었지. 제대로 기억되지 못한 장면들이지만 지금 다시 돌아가보면 애틋함마저 느껴진다. 이제는 사라진 장소, 만나지 않게 된 친구, 당시의 자신으로부터 너무 멀어진 스스로에게까지. 너무 쉽게 너무 빨리 지우고 살지는 말라는, 무의식의 개입인지도 모르겠다.

간만에 떠오른 장미칼의 기억 덕분에 그해 가을의 기억들이 두루 함께 많이 떠올랐다. 언젠가 오늘의 온도, 오늘의 습도, 오늘의 바람과 비슷한 곳에서 미래의 내가 오늘의 나를 소환할 때, 그때는 조금 덜 당황할 수 있었으면 좋겠다. 아니, 그렇게 불의의 습격을 당해서라도 지금 이 순간을 한번 더 기억하고 살아낼 수 있다면 좋을 것 같다.

시 간 여 행 자 의
종 로

종로는 시간여행 하기 좋은 거리다. 일단 광화문에서 종로 방향으로 가는 버스를 탄다고 가정해보자. 카페들과 레스토랑, 깔끔한 오피스 건물들 사이에서 당신이 탄 버스는 출발한다. 피맛골이 헐려나간 자리에는 모던한 빌딩들이 가득 들어차 있다. 출발하는 곳의 시간은 현재다.

버스가 덜컹거리며 한 정류장을 지난다. 사람이 많지도 적지도 않도록, 모두가 자리에 앉아 있지만 한두 자리는 드문드문 비어 있는 정도가 좋겠다. 라디오 소리는 적당히 작다. 광화문에서는 왠지 조용한 클래식 채널이 어울릴 것 같다. 그렇게 버스는 사거리의 삼성증권 건물을 지나간다.

언젠가 벤츠 승용차가 홧김에 들이받았다던 그 건물이다.

이제 종로1가다. 보신각 옆에는 만년필 전문점이 하나 있는데, 종로1가에서 약속을 잡은 사람들은 늘 그 만년필 전문점 앞에서 누군가를 기다린다. 주로 데이트 나온 젊은 연인들이 많다. 만년필 전문점에서 몇 걸음을 더 걸으면 스타벅스가 나온다. 스타벅스에서 조금 더 걸으면, 낯익은 각종 체인점들의 거리가 시작된다. 두 걸음에 한 번꼴로 화장품 가게와 카페를 만날 수 있다.

조금 더 가면 김떡순의 본산지라고 할 수 있는 피아노 거리다. 노점상들을 한곳으로 몰아넣고 인위적으로 조성한 티가 나긴 하지만 어쨌든 사람들이 많아 활기가 돈다. 다만 5분 전에 출발했던 광화문의 젊음과는 미묘하게 다른 구석이 있다. 광화문이 토플 시험을 준비하는 직장인의 느낌이라면, 종로1가는 토익 시험을 준비하는 취업준비생 같다고나 할까. 어딘가 조금은 미완성인 구석이 있는 젊음이다. 그래도 종로1가까지는 아직 젊은 사람들의 비율이 훨씬 많다.

버스가 길을 따라 조금 더 직진한다. 파고다 학원과 버거킹이 보인다. 종로3가다.

거리에서 장년층의 비율이 늘어나기 시작한다. 버스에

앉아 있던 젊은이들 역시 엉거주춤 자리를 양보해야 한다. 라디오는 승객들의 귀에 잘 들리게 볼륨이 높아져 있다. 이쯤에서 라디오 채널은 〈싱글벙글쇼〉나 〈지금은 라디오시대〉 같은 프로그램으로 바뀐다. 탑골공원을 지나 조금 더 달리면 도로변의 풍경이 카페에서 귀금속집으로 바뀌기 시작한다. 카르티에나 티파니 같은 유명 보석 브랜드의 이름이 천연덕스럽게 간판에 새겨져 있다.

귀금속 상가들과 함께 길가엔 리어카들이 등장한다. 피아노 거리의 정돈된 노점상들과는 다른 분위기다. 고약, 환약, 무슨 병이든 다 낫게 한다는 신비의 알약 같은 것들이 리어카 위에 펼쳐져 있다. 돋보기도 팔고, 귀이개도 판다. 성인가요가 거리의 배경음악으로 흘러나오기 시작한다. 허리춤에 소형 라디오를 차고 노래를 듣는 사람들도 자주 보인다. 배가 출출해졌다면 팥빵이나 호빵을 사 먹기에도 딱 좋은 곳, 종로5가다. 그렇게 조금 더 길을 걷다보면 오른편으로 커다란 건물을 하나 만나게 된다. 세운상가다.

이제 버스에서 내릴 때다. 광화문에서 종로5가로 건너오는 동안 차곡차곡 10년씩을 거슬러 여행했다. 종로1가는 2010년대, 종로3가는 2000년대, 이제 종로5가는 1990년

대다.

전성기의 세운상가를 상상해본다. 지방에서 올라온 사람들이 서울 구경길에 나서면 꼭 한 번쯤 들르던 곳. 좁은 길엔 사람들이 넘쳐나 어깨를 부딪치며 걸어야 했을 것이다. 이젠 하루 열 잔을 겨우 판다는 휴게실 커피 사장님이 직원 두 명을 데리고 백 잔이 넘는 커피를 팔던 시절. 세운상가에서 만들어진 시계며 전자제품이 백화점으로 납품되고, 상가 물건만으로도 우주선을 만들 수 있다는 우스개 섞인 자부심이 넘쳐나던 때.

시간은 흘러갔지만, 세운상가는 아직 그 자리에 그대로 있다. 아직도 사람이 있나, 하고 가까이 다가가면 의외의 분주함에 놀라게 된다. 택배를 실어나르는 오토바이들이 끊임없이 드나들고, 사람들의 어깨 위에는 박스가 하나씩 놓여 있다. 작은 가게를 지키는 사장님들은 여전히 낡은 시계와 오디오를 뚝딱뚝딱 고쳐내고 단골이 오면 커피를 시켜준다. 많은 게 변했지만 커피값은 여전히 한 잔에 500원, 외상도 가능하지만 저녁 수금 시간만은 지켜야 한다.

휴게실 커피 사장님과 한참 이야기를 나누며 미로 같은

골목을 한참 헤매다 문득 대로변에 나와보면, 지금이 언제
인지조차 깜빡하게 되는 곳.

주말엔 시간을 거슬러, 세운상가엘 다녀와야겠다.

대화의
태피스트리

어느 테이블에서 들려오는 이야기인지 모를 말소리들이 두런두런, 드문드문, 끊어졌다 이어지기를 반복한다. 대각선 방향 테이블의 두 여자는 다투는 중이다. 바로 앞 테이블에선 연인이 결혼식 비용에 대해 이야기하고 있다. 뒤쪽 어딘가에선 대학생이 누군가와 인터뷰를 하는 모양이다. 모두 다른 이야기를 하고 있는데도, 가만히 귀를 열어놓으면 어느 순간 하나의 서사처럼 들려오는 순간이 있다.

카페엘 가면 유난히 다른 테이블의 소리를 잘 듣는다. 동행들은 듣지 못한 얘기를 나 혼자 듣는 경우가 많다. 아까 카페에서 그 얘기 들었어? 하고 나중에 물어보면 십중

팔구는 남들 얘기를 왜 듣고 있느냐고 되묻는다. 자꾸 귀에 들리는 걸 난들 어떡하란 말인가.

　사실 잡다한 이야기들이 들려오는 게 싫지는 않다. 아니, 좋아하는 편이다. 혼자 가만히 앉아 귀에 들려오는 소리들을 가만히 엮고 있으면 공중에 떠다니는 말들을 잡아채 실을 잣는 것 같은 기분이 든다. 저기서 들려오는 말은 씨실로, 여기서 들려오는 말은 날실로 가져와 길쌈을 하는 것이다. 전혀 다른 단어와 문장들은 낯선 후렴구를 만나 새로운 생명력을 얻는다. 조각조각 그림을 엮어 커다란 하나의 작품을 만드는 태피스트리 같다.

　　하지만 이런 대화 엮기가 가능한 곳은 많지 않다. 적당
한 테이블 간격과 인구 밀도, 대화를 묻어버리지 않는 배경
음악이 모두 조화를 이뤄야 하기 때문이다. 이곳 카페 '숨
도'는 그런 면에서 최고다. 집에서 걸어갈 수 있는 거리에
위치해 있고, 통유리가 시원한데다 훌륭한 책도 많고, 테이
블도 멋지다. 크지 않은 배경음악은 테이블 대서사시를 뒷
받침하기 딱이다. 게다가 어느 카페에서나 그렇듯 사람들
이 별별 얘기를 다 한다.

　　오늘도 '숨도'에선, 작은 다툼의 대화가 결혼식을 고민하
는 연인의 테이블을 사뿐히 지나 누군가를 인터뷰하고 있

는 여자의 말을 거쳐서 하나가 되었다. 나는 길고 약간은 독특한 이야기 한 편을 채집해 배부른 마음으로 길을 나섰다. 대화의 태피스트리, 내가 카페에 가는 이유다.

광화문 빵집에서
헤어지는 연인

광화문 교보문고 옆 빵집은 근처 직장인들로 가득했다. 내 시선 방향엔 한 남자가 혼자 앉아 있었다. 가게에 앉은 사람들 모두가 동행이 있는데, 그 남자만 혼자였다.

사람들과 수다를 떨다 무심결에 다시 그쪽을 쳐다보니 어느새 두 사람이 되어 있었다. 내게 등을 보이고 앉은 여자는 긴 생머리에, 검은색 옷차림이라 어딘지 무거운 느낌이 들었다. 여자가 낀 뿔테 안경의 다리 부분만이 언뜻 보였다. 표정이 제대로 드러나진 않았지만 분위기만으로 알 수 있었다. 두 사람은 평일 오후 한시 광화문의 빵집에서, 헤어지는 중이었다.

　짧은 점심시간, 필사적으로 웃으며 에너지를 분출하고
있는 사람들 사이에서 내 앞자리의 두 사람만 아무 말도
없었다. 간간이 남자가 한마디를 던지고, 시간이 한참 지난
후 여자가 느릿느릿 답하는 모양이었지만 내겐 들리지 않
았다. 침묵하는 두 사람의 시선은 묘하게 어긋나 있었다.
남자는 여자의 어깨 너머를, 여자는 남자 뒤의 케이크 진열
대를 오랫동안 응시했다.
　움직임도 말도 없는 얼마간의 시간이 지나자 남자가 눈
을 닦았다. 손등으로 한번 얼굴을 쓸어내리더니 손을 뒤집
어 한번 더 눈가를 눌러 닦았다. 모든 게 끝난 모양이었다.
남자가 눈을 닦은 것을 신호로 두 사람은 일어날 채비를
하기 시작했다.

　　여자가 휴대폰을 가죽 숄더백 속에 집어넣는 동안, 남자
는 두 사람이 마신 커피 컵을 치우려 어정쩡하게 손을 내
밀었다. 남자가 컵을 버리는 동안 여자는 성큼성큼 문 쪽을
향해 걸어나갔다. 따라오는 인기척이 없자 문을 열고 잠깐
남자 쪽을 바라보더니, 문을 열고 잠시 기다렸다.

　　남자가 뒤따라가자 여자는 몸을 문밖으로 돌리며 뭐라고
말을 건넸다. 그리고 오른쪽으로 몸을 돌려 걸어갔다. 뒤따
라 나온 남자는 왼쪽을 택했다. 그들이 각자의 방향으로 떠
난 후 얼마 지나지 않아 커피를 마시던 직장인들은 일제히
일어나 각자의 일터로 빨려들어갔다.

　　평일 오후의 광화문 빵집은 금세 텅 비어가고 있었다. 아
무 일도 일어나지 않았다는 듯이.

장소에 대한
사 랑

좋아하는 사람을 만나면 오랜 시간 이야기를 나눠도 지치지 않는 것처럼, 좋아하는 장소에선 아무리 오래 걸어도 피곤함을 느끼지 않는다. 혼자 걸었던 시간이 길었던 이번 주였지만 전혀 힘들지 않았던 건 사랑하는 장소들이었기 때문이리라.

장소에 대한 사랑 역시 다른 종류의 사랑들처럼 총량은 보존되고 취향은 쉽게 변하지 않는다. 총량의 관점에서, 싫어하는 장소에 얼마간 머물렀다면 좋아하는 장소로 이동해 싫은 마음을 덜어내야 한다. 취향의 관점에서라면, 인도의 폭이 넓고 가로수가 오래된 거리들이 좋다. 햇볕을 가릴 만한 건물이 없어 낮 동안에 해가 잘 드는 곳이라면 더 좋다.

심지어 어떤 장소는 눈을 감고 가만히 상상하는 것만으로도, 이름을 불러보는 것만으로도 기분이 풀린다. 먼저 광화문 교보문고 맞은편에 있었던 '오봉빵'. '오봉빵'은 시청 광장 앞에도 있는 체인점이었는데 어느 순간 사라졌다. 모차렐라와 토마토, 바질페스토로만 이루어진 단순한 샌드위치 세트를 팔았는데 휴일 오전의 베스트 메뉴였다. 일찌감치 일어나 서점에서 산 책을 펼쳐두고 커피와 샌드위치를 먹고 있으면, 내가 아주 여유롭고 멋진 삶을 살고 있는 것처럼 느끼게 하는 곳이었다.

다음으로 불러보고 싶은 장소는 모교 대운동장 위의 벤치. 운동장 위 언덕에 벤치가 여러 개 놓여 있었는데, 수풀에 살짝 가려진 벤치가 가장 아늑하다. 해 질 무렵 그 벤치에 가만히 앉아 있으면 맞은편의 산등성이로 천천히 노을이 번져가는 걸 볼 수 있다. 산에서 불어오는 바람과 운동장의 적당한 소음이 더해져, 상상할 수 있는 가장 평화로운 공감각을 선사하는 곳. 언젠가는 오로지 벤치에 잠깐 앉아 있기 위해 한 시간 반을 걸려 갔다가 돌아오기도 했다.

마음이 사나워질 때 사랑하는 장소들을 가만히 떠올려 본다. 광화문 조선일보사 맞은편의 카페 '아모카', 세종문화회관에서 정부청사를 끼고 왼쪽으로 돌며 걸을 때 만날 수 있는 늙은 은행나무 거리, 여의도역 5번 출구에서 한강으로 뻗은 가로수길, 대홍동의 카페 '숨도'. 학교의 벤치와 카페 '판코'의 창가 자리.

이제는 기억 속에서만 방문할 수 있는 곳들도 있다. 공간 자체가 사라지거나 변했기 때문이다. 하지만 내 기억 속에 남은 장소는 내가 사랑하던 모습 그대로이니, 지칠 때면 언제든 그곳의 문을 열고 들어간다. 변하거나 달라질 걱정 없는 10년 전, 5년 전의 그 장소로. 사랑하는 길을 걷다 사랑하던 카페에 들어가 가만히 창밖을 바라보다 돌아온다.

어쩌면 장소에 대한 사랑은 마음이 만들어낸 최후의 방어선일지도 모른다. 더이상 사람에게서 위로를 얻을 수 없을 만큼 지쳤을 때, 마지막으로 우리 곁에 남는 것은 오로지 공간, 장소 그 자체이기 때문이다. 공간이 주는 위로에는 말없이 가만히 마음을 쓸어내려주는 것 같은 조용한 다정함이 있다. 오래되고 사려 깊은 이상적인 친구처럼 말이다.

내가 사랑하는 장소들이 더이상 사라지지 않았으면 좋겠다. 사랑할 만한 장소들을 조금 더 발견할 수 있으면 더 좋겠다. 다음주에도 사랑하는 장소들에 다녀와야겠다.

강 변 북 로 의
집

강변북로 양화대교 부근을 지나면 조그만 고가가 나온
다. 누군가 그 고가 아래 집을 짓기 시작한 건 올해 초였다.
처음엔 그저 못 쓰는 물건들을 한데 모아둔 것처럼 보이던
그 집에는, 어쩐지 눈길을 끄는 데가 있었다.

나는 그 조그만 거처 혹은 쓰레기 더미를 '강변북로의
집'이라고 이름 붙였다. 그리고 출근길에 같은 도로를 달리
며 그 집의 변화를 관찰했다. 오른편으로는 무지개색 장우
산이 펼쳐져 있고, 왼편으로는 커다란 이민 가방이 벽을 대
신하는 작은 집. 바닥엔 박스를 넓게 펼친 위로 담요가 깔
려 있다. 바닥과 벽, 그리고 간이 천장이 갖춰진 공간엔 날

이 갈수록 물건들이 늘어났다.

출근 시간이면 강변북로의 집은 항상 비어 있었다. 내가 출근하는 것처럼 그 작은 집의 주인도 낮엔 어디론가 나가 있는 모양이었다. 다음날 아침이면 집은 조금 달라진 모양으로 어김없이 그 자리를 지켰다.

몇 주가 지나자 작은 수납장이 강변북로를 향해 열려 있는 집을 가로막기 시작했다. 대문이었다. 대문이 생기자 도로를 향해 열려 있던 구조물이 완전히 닫혀, 정말로 집처럼 보였다. 이제 더이상 도로에서 집 안을 훤히 들여다볼 수는 없었다.

처음엔 호기심으로 지켜봤지만 집이 정말 집이 되고 나자 걱정스러웠다. 대로변에, 그것도 강변북로에 생긴 집이라니. 누군가 신고라도 하면 언제 철거될지 모를 일이었다. 손쉽게 쓸려나가도록 두기엔 정성이 많이 들어간 집이었다. 강변북로에 지어져 등본상으론 존재하지 않는다는 점만 빼면, 다른 사람들이 사는 집과 다를 바가 없었다. 매일같이 추위와 비바람을 피할 거처, 누군가에겐 전 재산이고 마음 둘 유일한 장소. 살뜰하게 관리하는 티가 나는 걸로 봐선 늘 상 방치된 우리 집보다도 더 집 같은 곳일지도 몰랐다.

그러던 어제, 며칠 내리 비가 내린 토요일. 언제나처럼 강변북로를 따라 오다 양화대교를 지나자마자 습관처럼 고개를 오른쪽으로 돌렸다.

그곳에, 사람이 앉아 있었다. 초로의 남자가 여행 가방과 무지개 우산을 양옆에 두고 집 한가운데 앉아 있었다. 쏟아지는 비에, 거리가 한산한 날이었다. 남자 역시 비 때문에 집에 있기로 작정한 것 같았다. 대문 역할을 하던 수납장은 어디론가 사라져 예전처럼 집이 훤히 드러난 채였다.

몇 달간 그곳의 주인이 궁금했던 터라 나도 모르게 얼굴을 쳐다보았다. 남자는 하늘을 바라보고 있었다. 정확히는, 쉬지 않고 들이치는 비를 쳐다보고 있었다. 표정이 보이지 않는 얼굴엔 낭패감이 어려 있는 것도 같았다.

그로부터 한 달이 지나지 않아, 남자의 집은 강변북로에서 사라졌다. 집이 있던 자리를 착각했나 싶어 몇 번이고 같은 길을 지나며 돌아봤지만 찾을 수 없었다. 작은 질서가 깃들었던 자리엔 다시 무성한 풀이 자라기 시작했다. 출근길 강변북로를 지나치는 나의 마음도 덩달아 허전해졌다. 남자는 어디로 갔을까. 부디 새로운 집, 새로운 천장과 벽으로 둘러싸인 공간에서 잠시라도 쉬고 있기를 바랄 뿐.

웃는
주 름

덕수궁 옆 던킨도너츠에 잠시 들렀다. 대한문 앞이 내다
보이는 창가 자리를 특히 좋아한다. 추운 날은 추운 날대
로, 더운 날은 더운 날대로 달라지는 관광객들의 모습을 보
는 재미가 있다.

마침 수문장 교대식이 진행되는 중이었다. 수문장은 흐
트러진 데 없이 근엄했지만 뒤따르는 병사들은 교대식이
중반에도 다다르기 전에 이미 지친 표정이었다. 내일은 다
른 알바를 구해야지, 하는 표정을 보고 있으려니 왠지 편히
앉아 있는 내가 미안해졌다.

가게를 나서는데 통유리 바로 앞에 웬 할아버지가 쪼그리고 앉아 교대식을 구경하고 있었다. 사람이 저렇게 작게 짜부라질 수도 있구나 싶을 만큼 작았다. 자세히 보니 할아버지는 입을 크게 벌리고, 한껏 웃는 중이었다. 수문장 교대식에 푹 빠져 계신 게 분명했다. 한여름인데도 국방색 점퍼와 두꺼운 바지로 겨울 차림이었다. 덕수궁 근처의 노숙자인 모양이었다.

하지만 미소, 얼굴을 가득 채운 그 미소만큼은 놀라웠다. 최근에 본 그 어떤 웃음보다 커다랗고 밝았다. 어찌나 크게 웃고 있었는지 '입이 귀에 걸려 있다'는 표현이 정확히 이해됐다. 크게 벌어진 입가로는 침이 흘러내리고 있었다.

그는 마치 환상이라도 보고 있는 사람 같았다. 수문장의 구령에 맞춰 절도 있게 발을 척척 옮겨대는 병사들의 모습을 보며, 후덥지근한 바람에 힘없이 날리는 색색의 깃발을 흐뭇하게 바라보며 꿈을 꾸는 것처럼 보였다. 오래전 사라져간 왕조들이 하늘과 땅을 울리며 웅장하게 살아 돌아오는 모습이라도, 혹은 먼 곳으로 떠난 누군가 색색의 화관으로 치장하고 금의환향하는 풍경이라도 본 걸까.

도넛 가게 입구에 우두커니 서서 나도 모르게, 할아버지의 웃는 모습을 한참 동안 바라봤다. 병사 역할을 하는 아르바이트생들처럼 할아버지도 온통 땀범벅이었다. 더이상 작아질 수 없을 만큼 작게 웅크린 채 아주 크게 웃으며. 얼굴에 온통 자글자글한 주름들도, 따라서 크게 웃는 중이었다.

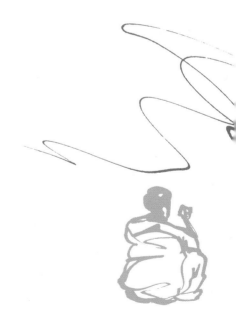

말 의

세 계

　말의 세계는 일대일로 생성된다. A와 만나 대화할 때 만들어지는 말의 세계는 나와 A 사이에서만 생겨나는 것이고, B와 대화할 때의 말의 세계 역시 나와 B 사이에서만 태어나는 세계다.

　말의 세계에는 시간이 흘러도 변하지 않는 고유한 분위기들이 존재한다. A와 만났을 때만 쓰는 추임새가 있고 B와 이야기 나눌 때만 등장하는 단어들이 있다. 그 추임새와 단어는 오로지 그들과 만났을 때만 생명력을 갖는다. 다른 사람들과의 대화에선 이상하게 잘 떠오르지도, 사용되지도 않는다.

이 말의 세계는 우주 같아서, 어떤 행성이나 항성을 보기 위해선 특정한 은하 속으로 들어가야만 하는 것과 비슷하다. 마젤란이나 안드로메다에선 아무리 기웃거려봤자 지구를 만날 수 없는 것과 마찬가지다. 지구를 보기 위해선 우리 은하에 들어가야만 하는 것처럼 A와 나눴던 대화 역시 오직 그 사람과 만났을 때만 재연이 가능하다.

오랜만에 옛친구를 만났다 잊고 살았던 말의 세계를 만난 오늘, 잃어버린 몇몇 말의 세계를 떠올렸다. 이젠 대화가 끊긴 사람들, 그리고 그 사람들과만 나눌 수 있었던 대화가 그리워졌다. 두루뭉술하게 던진 말을 나보다 더 정확히 이해하거나, 말을 끝맺기도 전에 전달되었다는 느낌을 받는 상대일 경우에는 더욱 그렇다.

그런 상대들이 하나둘 멀어져갈수록 내가 좋아하는 말의 세계는 하나씩 소멸해간다. 물론 말의 우주는 무한하기 때문에 새로운 친구를 만나 또다른 말의 세계가 탄생하기도 하지만 말이다.

말을 잃지 않고, 이왕이면 내가 좋아하는 말의 세계들을 잃어버리지 않고 살아갈 수 있다면. 이미 가진 말의 세계를 조금 더 넓혀가며 살 수 있다면 좋겠다.

행 복

　비 오는 날에는, 이불 속에서 디즈니의 〈판타지아 2000〉을 보면서 입천장이 다 까지도록 과자를 먹는 게 최고의 행복이다. 내가 기억하는 가장 행복했던 장마철의 어느 날.

광화문에서
너구리를 보았다

비 오는 광화문에서 너구리를 보았다.

순간 헙 하고 숨을 들이쉰 뒤 바로 주위를 둘러봤다. 아무도 없나? 이 광경을 목격한 사람과 흥분을 나누고 싶었다. 늦은 시간도 아니었는데, 오만대사관 앞은 인적이 드문 곳이라 아무도 없었다.

남편에게 전화해 광화문에서 너구리를 봤다고 하니 믿지 못하는 눈치였다. 하지만 어른 팔뚝만한 길이에, 긴 꼬리에, 내 바로 앞에서 날렵하게 지나간 그 생명체는 분명히 너구리였다. 너구리는 차도를 빠르게 건너 사라져갔다.

방금 내린 택시에선 기사님이 대뜸 질문을 던졌다. "음악 좋아하세요?" 귀찮은 대화려나 싶어 아 네, 하고 얼버무리는데 덧붙이시는 한마디. "배철수를 아시나요?"

"아시나요?"라니. 짧은 한마디지만 왠지 시적인 문장에 마음이 열렸다. 기사님이 켜주신 라디오에선 '비치보이스'의 〈코코모〉와 '얼쓰 윈드 앤드 파이어'의 〈댓츠 더 웨이 오브 더 월드〉가 연달아 나왔다. 내리면서 "고맙습니다, 덕분에 음악 잘 들었어요" 하고 인사했더니 뿌듯해하시며 주파수는 91.9예요, 라고 친절하게 알려주시는 것도 잊지 않으셨다.

서점에서 나와 세종대로를 가로지르는 횡단보도를 건너다보면 항상 앞만 쳐다보고 걷게 된다. 광장에선 사람들이 릴레이 단식을 하고 있다. 고개를 돌려 쳐다보기조차 미안한 풍경.

긴 횡단보도를 건너는데 문득, 누군가 말을 걸어오는 것 같아 고개를 돌렸다. 정지선 앞에 길게 늘어선 자동차들이 나를 쳐다보고 있었다. 헤드라이트를 환하게 켜고 서서 내쪽을 바라보며 일제히, 너는 어떻게 생각해, 어떻게 생각해, 하고 묻는 것 같았다. 가장 환한 조명을 비추면서.

세월호가 가라앉은 날 이후 사회라는 공동체에 대한 상상력이 무너진 느낌이 든다. 존재한다고 굳게 믿었던 가상의 집단이 사실은 아무데도 없었고, 시스템이라고 믿었던 것들은 모두 다 임시방편의 이야기였던 것만 같다. 투표도 하고 세금도 내지만 사실 여기는 빈약한 상상 속 허구의 공동체일지도 모른다.

한참을 걸었다. 길에서 싸우느라 부슬비에 발이 축축해지는 줄도 모르고 있는 젊은 연인을 지나고, 전 직장을 그만두며 선배와 만나서 울었던 카페도 지나고, 한참 더 걷다가 오만대사관을 지나치는 찰나,

길을 건너는 너구리를 만났다.

너구리는 무시할 수 없을 만큼 컸다. 해가 져서 어두웠지만 확실히 분간할 수 있을 만큼 컸다. 속도도 빨랐다. 뭔가에 쫓기는 것 같기도 했지만 뒤쫓아오는 다른 동물은 없었다. 노선은 명확했다. 우물쭈물하지 않고 목적지를 향해 직진하는 모습이었다. 가장 빠른 지름길을 알고 있는 동네 토박이처럼.

빠르게 사라져가는 너구리의 뒷모습을 보다가 급히 휴대폰을 꺼내들었다. 뒤늦게 사진을 찰칵 찍어봤지만 너구리는 사라진 지 한참이었다. 나는 아, 하고 멍하니 그 자리에 서 있다가 터덜터덜 대로변으로 걸어나왔다. 얼마 걷지 않아 커다란 호텔이 나왔다. 그 어마어마한 오성급 호텔 뒷골목으로 방금 너구리 한 마리가 쏜살같이 지나갔는데, 그걸 아는 사람이 여기 나밖에 없다니. 외로운 목격자가 된 것 같아 희한하게 쓸쓸했다.

　언젠가 읽은 봉준호 감독의 인터뷰가 생각났다. 학창 시절 교실에 앉아 한강변을 바라보다가 교각을 타고 올라가는 괴물을 봤다고, 그날부터 한강의 괴물에 대한 이야기를 구상했다는 내용이었다. 그 인터뷰가 떠오르자 너구리에 대해 남겨놓고 싶은 마음이 들었다. 도심 한복판을 보란듯이 달려보지만 누구도 목격해주지 않는, 존재하지만 존재감이 없는, 광화문 한복판의 너구리 같은 익명의 삶들에 대해서.

　나는 오늘 광화문에서 너구리를 보았다.

143번 버스의
여자

여자의 목소리가 버스 안에 쩌렁쩌렁 울렸다. 쳐다보지 않을 수 없을 만큼 격양된 목소리였다. 여자는 운전석 바로 뒷자리에 앉아 가방을 꼭 끌어안고 있었다. 여느 승객들과 다를 바 없는, 토요일 저녁 143번 버스의 평범한 승객이었다. 큰 소리로 전화 통화를 시작하기 전까지는.

"아니 그러니까 집주인 번호를 알려달라고요. 직접 통화 해보겠다잖아요!"

화가 난 여자의 말은 어미를 제대로 알아듣기 힘들게 뭉개졌다. 비명을 지르는 것 같은 통화 사이로 '집주인'이라는 이야기가 나오자 버스 안의 승객들은 순식간에 귀를 기

울었다. 전세금을 몇억씩 올려달라고 한 걸까? 계약이 끝나기도 전에 집에서 나가라고 한 건 아닐까? 버스에선 어느 순간 여자의 목소리만 들렸다. 승객들은 각자 창밖을 보거나 휴대폰을 만지거나 하면서, 그러니까 적당한 예의를 지키며 귀를 기울이고 있었다. 나 역시 슬며시 이어폰의 음량을 줄이고 여자의 말에 신경을 집중하기 시작했다.

"아니 그러니까 온수 쪽으로 돌리면 수도꼭지에서 물이 샌다니까요? 저번에도 말씀드렸는데 아직 아무 얘기도 없고…… 답답해서 살 수가 없잖아요!"

여자의 입에서 수도꼭지라는 단어가 나오자 버스 안의 긴장이 탁, 하고 풀렸다. 통로에 기대어 서 있던 두 소녀는 수도꼭지래. 헐. 그것 땜에 저렇게 미친듯이? 하고 속삭였다. 사람들은 다시 볼륨을 높여 음악을 듣고, 문자를 보내기 시작했다. 방금까지 버스 안에 혼자 존재하는 것 같던 여자는 금방 잊혀갔다.

버스가 꽤 많은 정류장을 돌고 도는 사이 여자의 뒷자리가 비었다. 나는 그 자리로 옮겨 앉아 여자의 뒤통수를 바라보았다. 절반 정도만 뒤로 넘겨 핀으로 꽂은 머리카락은 윤기 없이 사방으로 흩어져 있었다. 품에는 작은 가방을 잔뜩 끌어안은 채였다. 방금 전까지 버스를 다 날려버릴 듯 괴성을 지르던 사람이라곤 믿을 수 없을 만큼 작고 연약한 모습. 검정색 샌들 밖으로 삐져나온 발가락마저 한껏 움츠러들어 있었다.

여자의 옛날을 상상해본다. 원래는 완전히 다른 사람이었을지도 모른다. 어쩌다보니 삶이 여자를 떠밀어, 휴일의 버스에서 부끄러움 없이 괴성을 지르는 사람으로 만들었을 것이다. 나는 조금 두려운 마음이 들었다. 삶이, 이 버스에 탄 사람들 중 또 누구를 떠밀기로 작정할지 알 수 없기 때문이다. 버스 손잡이에 아슬아슬하게 기대 립스틱을 덧바르는 발랄한 소녀들 중 하나가 될지, 말쑥한 정장을 차려입은 청년이 될지, 혹은 나일지. 소리지르는 여자의 모습이 누구의 미래가 될지는 알 수 없다. 삶이 누군가를 떠밀 때 거기엔 아무런 법칙도 이유도 없기 마련이다.

버스는 이태원에 도착했다. 토요일 저녁의 흥분이 버스

안에 가득차 있었다. 이태원에서 한 무리의 사람들을 내려
준 버스는 잘 단장한 사람들을 다시 태우고 남산터널을 거
쳐 백화점을 지나쳤다. 사람들은 각자 내릴 정류장을 체크
해 벨을 누르고 질서정연하게 문가에 섰다. 누구도 더이상
은 소리지르던 여자를 기억하지 않은 듯했다. 비어가는 버
스에서 여자는 좌석에 깊이 몸을 파묻기 시작했다. 내릴 곳
도 갈 곳도, 남아 있지 않은 사람처럼.

　이상한 것과 그렇지 않은 것의 경계선은 어디에 그어져
있을까. 경계선이 있다 해도 아마 몹시 흐릿해 알아보기 어
려울 것이다. 누구든 자칫하면 밟을 수 있는, 흐리고 또 흔
한 선. 삶이 우리를 살짝이라도 떠밀면 속절없이 넘어가게
되는.
　요즘 길을 걷다보면 하루에도 몇 번씩 경계선에 서 있는
것 같은 사람들을 본다. 그렇게 선을 밟고 선 사람들이 많
아진 세상은 어떤 세상인 걸까. 우리가 살고 있는 이 세상
은 어디로 가고 있을까. 자꾸 고민하게 된다.

수 족 관 에 서

횟집 앞 수족관에서 이상한 장면을 목격했다. 오징어들이 모여 있는 수족관이었는데, 오징어 한 마리만 머리와 다리가 분리된 채 물속에 둥둥 떠 있는 게 아닌가. 세모꼴의 머리가 떠 있는 옆으로 다리가 붙은 몸통이 잘린 채 바싹 따라붙고 있었다. 수족관 속 다른 오징어들은 바로 옆 오징어에게 무슨 일이 일어났는지 아무것도 모른 채 태연히 헤엄치는 중이었다.

아무리 생각해도 오징어 머리와 다리가 왜 분리되어 수족관에 들어 있는지 이해가 가질 않았다. 혹시 주인이 손질하기 귀찮으니까 미리 분리만 시킨 다음 다시 넣어놓은 걸까. 아니면 다른 오징어들에게 불시의 습격을 받아 머리와 다리가 분리된 걸까.

　머리와 다리가 분리된 채 둥둥 떠다니던 수족관 속 오징어의 이미지가 한참을 맴돌았다. 왠지 한동안은 오징어 못 먹을 것 같은데, 하면서도 스스로 알고 있었다. 잘 분리된 오징어가 구워져 접시 위에 놓이면 아무런 마음도 들지 않을 거란 걸. 온전한 오징어는 수족관에, 분리된 오징어는 접시 위에. 역시 뭐든지 장소가 문제다.

시 간 과
물 건

　보기 좋은 빛깔의 나무손잡이가 달린 커다란 머리빗을 샀다. 선물을 사러 갔다가 충동구매 한 것이다. 넙적하고 커다란 이 빗을 산 이후, 머리 빗는 시간이 늘었다.

　잠이 덜 깨 몽롱한 아침에도 머리를 빗고, 늦은 밤 잠들기 전에도 머리를 빗는다. 부드럽고 단단한 나무손잡이를 잡고 머리를 빗어넘기면 기분이 좋아진다. 머리카락이 엉겼을 땐 빗에 힘을 줘 한 번에 쏙 빗어내린다. 엉킨 머리가 끊어지기도 하지만 속은 후련해진다. 머리가 아플 때도 괜히 빗질을 한다. 두통이 가시는 것도 같다. 빗을 사기 전에는 거의 존재하지 않던 머리 빗는 시간이, 빗을 산 이후 생겨났다.

나는 대부분의 시간을 직장에서 돈 버는 데 쓴다. 그렇게 번 돈의 대부분은 물건을 사는 데 쓴다. 결국 시간으로 물건을 사는 셈이다. 시간, 생의 한 조각을 덜어내 기껏 교환해오는 게 물건이라니 하고 씁쓸해할 일만은 아니다. 물건으로 바뀐 시간은 우리의 남은 시간들을 조금 더 다채롭게 해주기 때문이다.

새로운 물건이 생기면 시간은 새로 구획된다. 이전까지는 뭉텅이로 존재하던 저녁 시간의 한 귀퉁이에, 새 빗으로 인해 생겨난 머리 빗는 시간이 새로 자리잡는다. 물건 덕분에 시간에 활기가 돌기도, 때로는 없는 것처럼 보이던 시간이 생겨나기도 한다.

내가 하루에 쓸 수 있는 시간이 얼마나 되는지 셈을 해본다. 일곱 시간은 잠을 자고, 나머지 열일곱 시간 중에 최소 아홉 시간은 회사에서 보낸다. 씻고 먹는 기본적인 행위에 드는 두세 시간, 준비와 이동에 드는 한 시간을 빼면 남는 건 네 시간 남짓이다. 주로 저녁을 먹고 잠들기 전까지의 시간.

이 시간 역시 몇 가지 물건들에 의해 나뉜다. 가장 자주 등장하는 건 아무래도 텔레비전과 책, 노트북이다. 너무 피곤해서 아무것도 하지 않고 시간을 가만히 흘려보내고 싶을 때는 텔레비전, 적당히 에너지가 남아서 뭔가를 흡수하고 싶을 땐 책, 발산하고 싶을 땐 노트북을 켜고 글을 쓴다. 몸이 무겁고 나른할 땐 매트를 펴놓고 심호흡을 하며 간단한 스트레칭을 하기도 한다. 어떤 물건을 선택하느냐에 따라 나의 저녁은 완전히 달라진다. 물건을 고른다는 건 곧, 시간을 어떻게 대할지를 결정하는 일이다.

오늘도 곰곰이 몇 가지 물건들을 떠올려본다. 요즘 어떤 물건에 끌리는지 또 어떤 물건에 싫증나고 지겨워졌는지. 물건이 있는 자리에 내가 있다. 새 물건을 대할 땐 조금 더 신중해지고 지나간 물건을 통해서는 스스로를 돌아보게 된다. 새 물건은 미래의 시간을, 지나간 물건은 과거의 시간들을 구획하기 때문이다.

그중에서도 오래 함께한 물건, 이를테면 오래 쓴 일기장 같은 건 괜히 한번 더 쓰다듬게 된다. 이 물건만이 줄 수 있었던 고요한 시간이 존재했기에.

나는 시간으로 물건을 선물하고, 물건은 내게 다시 시간을 선물한다.

어 떤
버 스

특별히 좋아하는 버스 노선들이 있다. 요즘 눈여겨보는 버스는 753번이다. 나 혼자선 '정치적인 버스'라고 이름 붙인 노선이다. 상도동에서 출발해 여의도를 관통한 다음 동교동으로 향하는 코스. 이 버스에서는 〈격동 50년〉 같은 라디오 드라마가 맞춤하게 어울린다. 마침 극중에서 97년 대선 정국이 무르익는 중이기라도 하면, 결말을 뻔히 아는데도 괜히 긴장돼 내려야 할 정류장을 놓치기 십상이다. 고김대중 대통령을 연기하는 성우의 목소리가 흘러나오는데 마침 버스가 동교동을 건너 여의도를 지나친다면, 창밖 풍경이 완전히 다르게 보이기 때문이다.

생각이 많아지는 노선도 있다. 요즘 자주 타게 되는 506번 버스 노선이 그렇다. 난곡에서 출발하는 이 버스는 명동 롯데백화점으로 향한다. 지난 몇 년간 예전 모습을 찾아보기 힘들 정도로 바뀐 난곡이지만, 그래도 내겐 아직 공부방 자원봉사를 다니던 곳으로 기억에 남아 있다. 공부방 근처 비탈길에서 출발한 버스가 백화점 앞에 서면, 잠깐 졸았다 깬 것 같은데 세상이 바뀐 것 같은 느낌이 든다.

잠깐 버스를 타고 내렸을 뿐인데 세상이 바뀌었다는 점에선, 과외를 갈 때 가끔 타곤 했던 140번대 버스들이 압권이다. 압구정과 도곡동의 비싼 아파트들을 다 돌고 미아리 고개를 넘어 북한산으로 향하는 143번 버스는 그중에서도 압도적이다. 가만히 버스를 타고 한두 시간을 앉아 있는 것만으로도 서울이라는 도시의 어마어마한 집값 차이와 그로 인해 달라지는 풍경을 확실히 느낄 수 있기 때문이다.

정치적이고 사회경제적인 버스 노선들도 좋지만, 사실 내가 제일 좋아하는 노선은 부산의 87번 버스다. 앞의 버스들이 동시대 세상살이 구경의 재미가 있다면, 부산의 87번 버스는 과거로 시간여행을 하는 것 같은 착각을 불러일으

킨다. 부산의 오래된 구 도심지역을 지나는 노선이기 때문이다. 부산역과 자갈치 시장을 지나쳐 오래전 피난민들이 형성한 판자촌 동네인 영주동, 산복도로를 굽이쳐 통과한다. 이 버스 승객들에겐 특별히 균형감각이 필요한데, 굽은 길을 지나는 노선답지 않게 속도감이 상당한 탓이다. 정류장 간격이 짧아 자주 멈추는 것도 특징이다. 대체로 'OO슈퍼 앞'이나 'OO문구점 앞'인 경우가 많다. 아침에도 낮에도 밤에도 이 버스를 타봤는데, 아무래도 해가 진 후에 타는 게 가장 좋다. 버스에 가만히 앉아만 있으면 부산항의 야경이 한눈에 내려다보여, 그 어떤 시티투어 버스보다도 부산을 제대로 보여주는 노선이다.

언젠가 필요 없는 돈이 많이 생긴다면, 버스를 한 대 사고 싶다. 내가 좋아하는 장소들만 찍어서 노선을 만들고 일주일에 한 번씩 운행할 것이다. 물론 버스비는 공짜다. 승객들은 내가 좋아하는 사람들로만 태울 예정이니까. 출발지는 일단 광화문으로 정했다.

3인칭
관찰자 시점

평소 3인칭 관찰자 시점에서 스스로를 칭하는 사람들을 보면 흠칫 놀라곤 한다. '나는'이라고 이야기하면 될 것을 '정언이는'이라고 말하는 사람들. 이렇게 객관적 관찰자 입장에서 자신을 표현하는 건 왠지 우스꽝스럽게 느껴진다. 3인칭 관찰자 시점에서 일컫는 자신은 자기애의 산물인 것 같아서다.

집에 오는 길에는 당황스럽게도 버스 기사님이 3인칭 관찰자로 돌변하셨다.

"XX는 길에 소방차 지나가는데도 안 비켜주면 정말 싫어하는데."

장년 남성이 스스로를 관찰자 시점에서 부르는 장면은 처음이었다. 나도 모르게 귀를 쫑긋 세웠다. "XX는 정류장 아닌 곳에서 안 세워드립니다." 설마 하는 마음으로 내리기 직전, 뒷문에 붙은 이름표를 확인했다. XX는 틀림없는 기사님의 이름이었다.

당신의
스키드 마크

어둠이 내린 횡단보도에 서 있다 초록불이 켜지자마자 재빠르게 건넜다. 땅을 쳐다보고 걷는데 이상한 자국이 보였다. 페인트 자국인가 하고 밟아 지나치려는데 자국 주위로 얌전히 구부리고 누운 사람 형상을 그려놓은 게 보였다. 깜짝 놀라 방금 내가 밟은 자리를 한번 더 쳐다보니 붉은 기가 채 가시지 않은 핏자국이 말라가고 있었다.

세상엔 참 무심한 일들이 많다.

조금 전 누군가 뜨거운 피를 흘린 자리 위로, 집에 가서 미드를 한 편 볼까 아니면 일찍 잘까 고민하던 내가 지나

쳐 간다. 내일 아침이면 자국은 희미해져서 더 많은 발자국에 밟힐 것이다. 앞서거니 뒤서거니 누군가 남긴 흔적을 밟아가다, 그 자리에 또다른 스키드 마크가 새겨질지도 모를 일이다.

누구의 자국이었을까, 조용히 죄송해하며 집으로 올라왔다. 자리를 펴고 누웠는데도 창밖에선 왠지 스키드 마크 소리가 들리는 것만 같다. 타인의 더웠던 피가 서서히 말라가는 횡단보도가 내는, 한밤중의 신음소리.

주 어 진
세 계

　미국 유타대학교에 한 학기 동안 머물 때의 일이다. 교
정에서 열심히 사진을 찍는 동양인 남자 둘을 만난 적이
있다. 자신들이 어디서 온 것 같냐고 물어보기에 습관적으
로 대답했다. 일본? 아니야. 음 그럼 중국? 그것도 아닌데.
싱가폴? 아냐. 말레이시아? 노. 타이? 대만? 몽골? 홍콩?
　내가 아는 아시아 국가들이 총동원될 무렵 그들이 주머
니에서 뭔가를 주섬주섬 꺼내들었다. 'Free Tibet' 아, 티
베트! 민망해진 나는 괜히 호들갑스러운 친밀감을 표시했
다. 티베트는 내게 정치적 이슈들로 떠오르는 곳이지 '티베
트에서 온 누군가'가 사는 곳이 아니었던 모양이다. 어쨌든

그들은 회계를 전공하는 대학원생들로, 꽤 오래 유타에 머물 예정이라 했다.

그날 저녁, 룸메이트의 친구들과 함께 밥을 먹었다. 홍콩에서 온 유학생도 함께였다. 마침 그녀도 회계를 전공한다기에 낮에 만난 사람들 이야기를 꺼냈다. 아, 낮에 저 앞에서 회계 전공하는 학생들 만났는데 티베트에서 왔대. 순식간에 저녁식사 자리의 분위기가 살벌해졌다. "티베트에서 왔다고? 그러면 중국 정부에 반대하는 자들이잖아!"

그녀는 유타대학교에 티베트에서 온 학생이 있다는 얘긴 처음 듣는다며 인상을 써 보였다. 나와 룸메이트는 급히 다른 이야기를 꺼냈다. 그녀는 다른 주제에 대해서라면 더할 나위 없이 똑똑하고 이성적이지만, 자국과 관련된 이슈에 대해서만은 항상 민감하게 반응한다. 본능적인 거부감, 그것은 그녀 자신도 어쩔 수 없는 영역일지도 모른다.

티베트에서 온 유학생 얘기에 소스라치던 그녀의 모습이 며칠 동안 떠나지 않았다. 처음 유타로 오게 됐을 때의 내 모습이 겹쳐져서다. "유타라면 모르몬교도들로 가득한 곳인데!" 실제로 이곳에선 모르몬교 신자들을 자주 만나게 된다. 최근 내가 일주일에 한 번씩 만나는 튜터도 모르몬교를 믿는 대학생이다. 부모님도 형제자매들도 대대로 모르몬교를 믿는 집안이다. 브리검 영이라는 모르몬교의 지도자를 중요하게 생각하고, 근면한 생활을 한다. 술과 담배는 당연히 하지 않는다.

유타주 밖으로는 여행조차 다녀본 일이 없는 친구다. 하지만 대학을 졸업하고 나면, 선교를 떠나보고 싶다고 했다. 한국에서도 둘씩 짝을 지어 다니는 모르몬교 선교사들을 자주 만날 수 있다고 했더니, 어쩌면 한국으로 전도 활동을 갈지도 모를 일이라며 웃었다. 음……. 네가 모르몬교 선교사로 한국에 온다면? 아마 친구로 지내긴 어려울지도 모르겠다, 고 속으로만 생각했다. 그리고 더 작게 속으로 생각했다. 너는 모르몬교 신자고, 나는 개신교 신자잖아. 그 친구의 집안이 모두 모르몬교를 믿는 것처럼 나의 식구들은 모두 개신교를 믿는다. 우리 둘은 같은 곳에서 공부하고 있지만 사실은 완전히 다른 세계에 산다.

다른 세계를 자주 만나는 요즘, 우리 각자의 세계가 어디서 왔는지 고민하게 된다. '나'라는 사람을 구성하는 것들 중에, 내가 정말로 선택한 건 얼마나 될까. 종교, 정치적

신념, 가치관…… 개인의 정체성에 가장 큰 영향을 미친다고 생각되는 영역을 포함해서 말이다.

중국인 유학생이 티베트에서 온 '사람'을 상상하지 못하는 것과 개신교 집안에서 자란 내가 모르몬교의 세계를 상상하지 못하는 것. 두 감정이 다르다고 말할 수 있을까. 자신과 다른 세계에 대한 본능적인 거부감, 아니 사실은 자신과 다른 세계를 부여받은 사람들에 대한 본능적인 선 긋기라는 점에서 말이다.

주어진 세계의 힘이 이렇게나 크다는 걸 자주 실감하게 된다.

라 덱 과
60km 청 년

"7년을 만나고 약혼까지 했는데 어떻게 나한테 그럴 수 있었을까?"

라덱은 쉬지 않고 이야기를 이어나갔다. 우리는 산티아고로 가는 길 위에 있었다. 라덱은 산티아고를 150km정도 앞둔 지점에서, 우연히 만난 동갑내기 친구였다.

낯선 길 위에서 순례자들은, 평소라면 하기 힘들었을 얘기들을 쉽게 털어놓곤 했다.

"다른 사람이 있다는 얘기를 듣자마자 일하던 레스토랑에 휴가를 내고 레온으로 왔어. 몸이 힘들면 생각이 덜 나니까 일부러 남들보다 많이 걸어. 레온에서 산티아고까지 일주일 만에 걸으려면 하루에 40km는 가야 하거든. 무릎도 발목도 아프고 발바닥에 물집도 잡히고 하니까, 그래도 생각이 덜 나긴 하더라고."

여자친구가 자신을 어떻게 떠났는지, 또 자신이 얼마나 여자친구를 좋아했는지, 라덱은 쉬지 않고 떠들었다. 내가 맞장구칠 타이밍을 찾지 못해도 신경쓰지 않았다. 미친듯이 걸으며 속에 있는 말을 쏟아내고 있었다. 아무리 그래도 물집은 좀 터트리면서 걷는 게 덜 아플 텐데. 나한테 소독해놓은 바늘이랑 실이랑 연고도 있어. 우리는 한참을 나란히 걸었다.

나와 함께 걷는 바람에 라덱의 속도도 느려져, 결국 그날의 목표였던 오세브레이오에 도착하기도 전에 해가 졌다. 다행히 중간에 알베르게(숙박소)가 하나 있는 작은 동네가 있어, 마을의 유일한 바에서 열쇠를 받아 문을 열고 들어갔다. 3층 규모의 큰 알베르게엔 아무도 없었다. 심지어 도미토리엔 전등도 들어오지 않아 불빛 대용으로 텔레비전을 켜야 했다. 오래된 텔레비전에선 소리가 나오질 않았다. 입만 뻥긋뻥긋 움직이는 배우들의 모습을 조명 삼아 저녁 대신 각자 챙겨온 과일과 과자를 먹었다.

잘 시간이 되자 라덱은 나더러 먼저 침대를 고르라고 했다. 침대를 먼저 고르라고? 산중턱의 컴컴한 동네에서 갑자기 덜컥 소심해진 나는 문가의 침대를 골랐다. 아니 정언, 이 도미토리 전체가 텅 비었는데 왜 문가에서 잔다는 거지? 춥잖아! 나는 경직된 미소를 지으며 원래 문가를 좋아한다고, 걱정 말라고 손사래를 쳤다. 그러고는 밖에서 밀려오는 초겨울 냉기에 오랫동안 잠을 이루지 못하고 뒤척였다.

얼핏 잠에 든 것 같았는데 알베르게 문이 덜컥, 하고 열리는 소리가 들려왔다. 급히 손목시계를 보니 야광침은 새벽 한시를 지나고 있었다. 열 가구가 채 살지 않는 작은 마을이었다. 겨울이라 길을 걷는 순례자들도 거의 없었고, 이런 산골 마을길을 새벽에 걷는 순례자는 더더욱 없었다. 위기감을 느낀 나는 조심스럽게 침낭에서 머리를 내밀었다. 부엌 근처에서 누군가 움직이는 실루엣이 어렴풋이 보였다.

우리 짐을 뒤지는구나. 침낭에서 살금살금 기어나와 침대 옆에 세워둔 지팡이를 손에 들었다. 라덱이 자는 침대 쪽을 바라봤지만 꼼짝도 하질 않았다. 깊이 잠든 모양이었다.

그런데 이상하게도, 부엌의 방문자는 도미토리에 있는 우리를 경계하지 않는 것처럼 보였다. 심지어 쩝쩝 소리가 들려오기 시작했다. 뭔가를 먹는 것 같았다. 라덱 배낭에 들어 있는 초코바를 먹는 건가? 아니면 내 배낭에 있는 양갱을? 아껴 먹고 있는 양갱인데⋯⋯. 그것만은 참을 수 없었다. 지팡이를 들고 부엌 쪽으로 조심스럽게 다가갔다.

"곤방와?"

난데없는 일본어 한마디에 그만 맥이 탁 풀렸다. 구멍난 밀짚모자를 쓴 내 또래 청년이 물도 없이 시리얼 바를 씹어먹고 있었다. 하루에 50km 이상을 걷는 중이라고 했다. 새벽 한시가 넘어 도착한 그날은 길을 잘못 드는 바람에 60km를 걸었단다. 나는 이상한 위기감을 느꼈다. 산티아고가 가까워질수록 길에 기이한 사람들이 많아지는 것만 같았다.

60km 청년과 간단한 통성명을 끝내고 다시 침낭으로 기어들어갔다. 긴장과 피로가 겹쳐서 한참을 잤다. 눈을 떠보니 라덱과 60km 청년의 침대는 비어 있었다. 산골 마을 알베르게엔 또다시 나 혼자. 폐 속에 밀려들어오는 아침의 한기를 떨치려 열심히 체조를 하다 라덱이 남긴 메모를 발견했다.

Jeong, this is for you.

웃는 얼굴을 한 귤이 하나 놓여 있었다. 사인펜으로 귀엽게 그린 눈코입과 함께였다. 배가 고팠던 나는 귤을 냉큼 까먹고, 발바닥에 꼼꼼히 바셀린을 펴 바른 다음 다시 배낭을 메고 알베르게를 떠났다. 겨울에 접어든 산티아고 가는 길엔 아무도 없어 아무리 노래를 부르며 걸어도 창피하질 않았다.

이후론 두 사람을 다시 볼 수 없었다. 둘 다 나보다 훨씬 빨랐으니 일찌감치 산티아고에 도착했을 테고, 라덱은 짧고 고된 연휴를 마친 뒤 아일랜드로 돌아갔을 것이다.

산티아고에 다녀온 지 한참 지났지만 가끔 라덱과 60km 청년이 생각난다. 라덱은 약혼까지 했다가 헤어진 그 여자친구 생각이 이제는 좀 덜 날까. 왠지 이제는 까맣게 잊고, 다른 사람과 행복하게 지내고 있을 것 같다. 초겨울에 구멍 뚫린 밀짚모자를 쓰고 60km씩 걷던 일본 청년은 또 어떻게 지내고 있을까. 지금도 지구 어딘가를 뛰는 듯 걸어다니고 있는 건 아닐지.

그나저나 그 길에서 스치며 만났던 사람들 역시 나처럼

가끔 그때를 그리워할까? 손에 착 하고 감기던 나무지팡이의 느낌과 발에 잘 길들여진 투박한 등산화가 주는 안정감, 아무도 없는 알베르게의 차가운 공기 같은 것들을. 힘겹지만 더없이 편안하기도 하던 그 길 위를.

나는 내가
부끄럽다

　나는 용산에 4년간 살았다. 처음 용산으로 이사한 날은 아직도 잊을 수 없다. 2009년 5월 23일이었다. 미국에서 짧은 연수를 마치고 돌아와, 새벽부터 이삿짐을 풀고 있었다. 가구들이 놓인 자리를 확인하고 라디오 주파수를 맞추자마자 "밀양에 있는 부산대병원으로 급히 이송됐으나 이미 숨이 멎은 뒤였다"는 대목이 들렸다. 주어는 듣지 못했지만 누구인지 단박에 알 수 있었다. 그런 비보가 이상하지 않을 때였다.

　그 무렵 나는 대학생이었다. 집 앞 버스 중앙차로에서 750번을 잡아타면 학교까지 곧장 갈 수 있었다. 버스를 타고 가다보면 언제나 용산 참사의 흔적을 지나쳤다. 처음에는 고개를 돌려 저기가 남일당이지, 하고 떠올려보다가도 어느새 익숙한 길이 되면서 서서히 잊었다. 대신 용산은 구체적인 생활의 모습으로 다시 인식되기 시작했다. 마트는 5분쯤 걸어야 하고, 약국과 병원을 비롯한 편의시설은 어디에 있으며, 끼니를 해결하기 좋은 분식집들은 어디에 숨어 있는지. 주상복합 건물이 주는 편리함 역시 자연스러워졌다. 그렇게 용산에 사는 동안 나는 취직하고, 돈을 벌었고, 학생에서 사회인이 되었다.

용산에서 4년을 사는 동안 부동산에 처음으로 눈을 떴다. 정확히는 용산의 부동산에 관심이 생겼다. 전세로 살고 있던 집의 전세가가 하루가 다르게 올라가고, 매매가의 앞자리가 바뀌는 걸 보고 있으면 놀라웠다. 어느 순간부터는 나도 집을 보러 다니기 시작했다. 용산의, 말끔한 오피스텔을, 소유하고 싶었다. 그리고 이제 내가, 오피스텔이며 주상복합을 욕망하기 시작했다는 것을 부정할 수도 없었다.

여의도에서 용산으로 오는 버스를 탔다. 나는 항상 남일당 자리 맞은편에 내려 집으로 걸어온다. 밤 열한시가 넘은 시간이었던 것 같다. 멀리서부터 울음소리가 들렸다. 어떤 할머니가 길에서 그야말로 막 울고 계셨다. 울음소리가 너무 걱정스러워 가던 길을 멈췄다. 나 말고도 행인 몇 사람이 발걸음을 떼지 못하고 맴돌고 있었다. 할머니는 삼층짜리 건물을 올려다보며 울부짖는 중이었다.

"아이고 아버지, 아이고 아버지, 여기 우리 집인데요, 아버지도 여기서 돌아가셨고 여기는 우리 집인데요, 아버지⋯⋯."

울음에 섞인 말은 또렷했다. 할머니는 헐려나갈 건물과 관련 있는 사람인 것 같았다. 얼마 전까지 만두도 팔고 휴대폰도 개통하던 그 거리 일대에 철거를 알리는 안내문이 붙어 있었다. 버스에서 내리면 항상 마주치곤 하던 가게들에 빨간 래커가 칠해졌고, 포클레인이 바로 뒤까지 밀고 들어온 참이었다. 마트로 가는 길에 양옆으로 늘어서 있던 홍등가도 모두 철거됐다. 이제 그 주변은 거대한 마트를 둘러싸고 부서질 예정인 건물들밖에는 남질 않았다.

철거가 시작된 이후 한동안 나는 집으로 돌아오는 길이 너무 어둡다고, 더 밝아져서 무섭지만 않았으면 좋겠다고 생각했다. 그러면 집값은 더 오를까? 철거가 끝나 새 건물들이 들어서고 집값이 더 오르기 전에 집을 한 채 사고 싶다는 생각도 했던 것 같다. 하늘의 아버지인지 땅의 아버지인지 모를 아버지를 외치며 길에서 울고 선 할머니를 보기 전까지는.

적어도 내게, 용산에 살았다는 건 딱 그만큼의 욕망을 가지고 있었다는 말일 것이다.

나는 내가 부끄럽다.

기 차 에 대 한
질 투

28층으로 이사를 했다. 창문가에 가만히 서면 복잡하게 얽힌 신용산역의 철로가 보이는 곳이다. 아침부터 늦은 밤까지 열차들이 쉴새없이 철로를 드나든다. 그 모양도 구경하고 소리에도 귀를 기울인다.

기차들은 낮에도, 밤에도 쉬질 않는다. 사람들이 타는 객차는 자정이 가까워오면 운행을 쉬지만, 화물 기차들은 새벽녘까지 멈추는 일이 없다. 기차가 들어오는 소리에 나도 모르게 잠에서 깨면 아직 첫새벽이다. 기차가 플랫폼을 빠져나가는 소리를 들으며 창가로 다가가면, 어느새 눈에 보이지 않을 만큼 멀어져 있다.

기찻길이 내려다보이는 집에서 살다보니 기차들이 내는 소리에 예민해졌다. 무엇보다도, 기차의 종류에 따라 소리의 느낌이 천차만별이다. 도착할 때나 떠날 때나 가장 요란한 건 고속철도다. 들어왔나 싶으면 이미 플랫폼을 벗어나고 없다. 소리 역시 가장 하이톤이다.

제일 존재감 있는 소리는 지하철에서 난다. 고속철도나 새마을호가 재빠르게 사라져가는 반면, 지하철의 차체는 조금 묵직하고 낮은 소리를 내면서 천천히 속도를 높인다. 용산을 지나치는 지하철은 언제나 사람들로 만원이라, 소리의 무게가 더 육중하게 느껴지는지도 모른다. 여하튼 창밖에서 뭔가 낮고 서글프면서도 지친 소리가 들렸다 하면 대개는 지하철이다.

지하철, 고속철도, 화물차, 새마을호⋯⋯. 창가에 의자를 가져다두고 각양각색의 기차들이 멈췄다 떠나는 걸 보고 있으면 왠지 모를 부러움이 느껴질 때도 있다. 서야 할 때 잘 서고, 떠나야 할 때 재깍 잘 떠나는 기차들. 떠나야 하는데 괜히 게으름을 피우며 철로에 남아 있는 기차는 한 번도 본 적이 없다. 오차가 있다 한들 1~2분일 것이다. 총 두 시간 20분이 걸리며 신호 대기 관계로 5분간 정차하게 될 예정이라는 걸 미리 알 수 있다는 점. 그 무심한 정확성.

출발지와 도착지가 정해져 있다는 건 또 얼마나 부러운 일인지 모른다. 쭉쭉 뻗은 철로를 따라가면 어디론가 반드시 도착하게 되어 있는 운명. 이 열차는 목포행, 저 열차는 부산행. 새벽이든 밤이든, 기차는 그저 나 있는 길로 달려가기만 하면 되는 것이다.

기찻길 옆으로 이사하고 나니 기차마저 부러워진다.

VS

주위의 젊은 사람들은 죽음에의 충동을 토로한다.

주위의 늙은 사람들은 죽음의 위협을 토로한다.

둘 다 죽음과 싸우긴 마찬가지지만 어느 쪽이 더 나은지
는 잘 모르겠다.

사랑한다, 사랑하지 않는다

모두가 '사랑한다'고 말하지만 사랑의 구성 성분은 천차만별이다. 에로스, 우정, 연민, 존경, 신뢰⋯⋯. 사랑을 이루는 감정들은 너무나 다양해서 때론 '사랑'이라는 단어가 벅차 보이기도 한다. 어떤 사랑이 50퍼센트의 우정과 50퍼센트의 에로스가 결합된 형태고, 또다른 사랑은 30퍼센트의 연민과 70퍼센트의 동경이 결합된 형태라면 이 둘은 명백히 다른 감정이지만 우리는 둘 다를 '사랑'이라고 부른다.

사랑의 경계는 모호할 수밖에 없다. 마음에 스치는 알수 없는 감정들을 바라보며 이것을 사랑이라고 부를 수 있을까, 고민해보지 않은 사람은 없을 것이다. 고민하는 이유는 단순하다. 상대가 알아들을 수 있는 공통의 언어로 표현해내야 하니까.

여기서 언어가 감정을 온전히 따라가지 못하는 경우가 생긴다. '나는 너를 10퍼센트 동지애, 10퍼센트의 존경, 30퍼센트의 에로스, 50퍼센트의 친숙함으로 느끼고 있어'라고 고백하면 상대방은 이렇게 물을 것이다. 그래서 사랑한다는 거야, 사랑하지 않는다는 거야?

사랑은 까다로운 단어다. 모호하지만, 거칠게라도 결단지어야 하는 종류의 단어다. 발화하는 당사자가 100퍼센트 확신하지 못한다 하더라도 말이다. 게다가 언어로 표현하는 순간 행동으로 증명해야 하는 의무가 따른다. 사랑하는데 왜 사귀지 않아? 사랑하는데 왜 결혼하지 않아? 그래서 우리는 연애를 하고 결혼을 하면서 사랑을 눈에 보이는 형태의 관계로 만들어낸다. 누군가에겐 피곤한 일일지도 모를 일. '사랑한다'는 말이 가질 수밖에 없는 일종의 폭력성이다.

영화 〈캐롤〉은 이러한 '사랑한다/사랑하지 않는다'의 거친 이분법에서 저만치 떨어져 있는 영화다. 아니, 애초에 그 이분법에 들어올 수 없는 영화다. 동성에 대한 가능성이

전무하던 시절의 감정을 다루고 있기 때문이다. 그래서 오히려 더욱 섬세하게 다채로운 감정들을 보여줄 수 있게 된다. 영화 속에서 루니 마라가 케이트 블란쳇에게 느끼는 감정은 동경과 호기심에 기반한 애정일 테고, 케이트 블란쳇이 루니 마라에게 느끼는 감정은 도피의 대상에 대한 애정일지도 모른다. 보통의 영화라면, 그리고 보통의 관계라면 우리는 이 둘의 감정을 '사랑한다/사랑하지 않는다'로 나누는 모습을 보게 될 것이다.

하지만 〈캐롤〉에서는 그 누구도 감정의 증명과 관계의 형태화를 요구하지 않는다. 이 두 주인공들은 동성에 대한 감정을 품었다는 이유로 자유를 박탈당하지만 역설적으로 그 덕분에 누구보다도 감정에 있어 자연스러울 자유를 얻는다.

루니 마라가 백화점 진열대 너머로 케이트 블란쳇을 처음 바라볼 때, 혼자 올라탄 기차에서 울음을 터뜨릴 때, 처음으로 키스를 할 때. 영화는 관객으로 하여금 그 순간의 감정을 그냥 바라볼 수 있게 한다. 〈캐롤〉은 서사가 아니라, 두 사람이 만들어낸 수많은 감정 그 자체가 주인공인 영화다. 극중에서 루니 마라가 사진을 찍는 사람으로 등장하는 것은 아마도, 순간의 감정을 묘사하는 데 충실한 이 영화의 전반적인 기조와도 관련 있을 것이다.

이 영화를 보면서 우리가 언어로 표현할 수 있는 게 얼마나 적은지 새삼 실감했다. 지금도 누군가는 말로 표현할 수 없는 감정들로 마음을 쥐어뜯고 있을지 모를 일이다. 말로 표현할 수 없다는 건, 마음을 알릴 길이 없다는 건 얼마나 서러운 일일까.

하지만 말로 설명할 수 없는 것들을, 때로는 영화가 보여주고 또 보듬어준다. 언어가 주어지지 않은 시절의 한계, 혹은 언어 그 자체의 한계를 가뿐하게 뛰어넘어 관객에게 가닿는 〈캐롤〉의 주인공들 역시 그렇다. 그러니 말할 수 없더라도 인정할 수밖에. 영화라는 매체가 우리에게 건네는 작은 위로라고 해도 좋을 것이다.

평 행 우 주

너무 슬퍼지려고 하면, 재빨리 평행우주를 생각해본다.

이곳이 아닌 다른 우주에서 나는 아무런 두려움 없이 다른 선택을 하고, 아주 행복해지는 상상을 한다.

그 우주에서의 하루 이틀 사흘 그리고 10년 20년을 상상하다보면 슬픔이 가신다. 그곳에 잠시 머문다.

그리고

여기 이 우주에서도 행복해질 것이다, 아마도.

4부

안녕 나의 세계

과거의 나

도서관 출납대에 가서 신분증을 찍었더니 얼굴이 보이는 부분에 스티커가 붙여져 있었다. 여기 스티커는 왜 붙여놓은 거죠? 하고 물어봤더니 직원분 말씀.

"자기 옛날 사진 보는 거 싫다는 건의가 많이 들어왔나봐요."

얼마나 민원이 많이 들어왔으면 스티커까지 붙여야 했을까. 목 아래론 멀쩡히 그대로인데 얼굴에만 스마일 캐릭터 스티커가 딱 붙어 있다. 아무래도 예전보다 더 잘생겨지고 예뻐진 사람들이 많아서 그런가, 하고 있는데 동행의 한마디.

"옛날의 내가 지금의 나를 너무 똑바로 쳐다보니까, 민망해서 그런 거 아닐까."

사실 나도 그렇다. 작년의 나와 재작년의 나를 떠올리면 어쩐지 좀 부끄러워진다. 외모뿐 아니라 당시의 말, 생각, 취향, 행동까지 거의 모든 점이 창피하다. 어쩌다 과거에 쓴 글을 다시 보면 참을 수 없을 만큼 숨고 싶어진다. 지금의 나로선 도무지 이해 가질 않는 구석투성이다. 그때의 나도 똑같은 나였을 텐데 어째서 이렇게 멀어진 걸까.

사람들이 스티커를 붙여달라고 했던 건, 과거의 얼굴만은 아니었을 것이다. 어쩌면 과거의 존재 그 자체일지도 모른다. 현재의 나는 과거의 나를 속속들이 잘 안다. 안다는 건 무서운 일이다. 알기 때문에 이해하고 사랑하게 되기도 하지만 알기 때문에 견딜 수 없어지기도 하니까. 어떤 사람들에게는 과거의 자신이 그런 존재일 것이다. 잘 알지만 이제는 타인처럼 느껴진다는 점에서, 현재의 나를 가장 불편하게 만드는 존재.

오늘 이렇게 생각하는 나 역시, 내일의 나에겐 불편하고 부끄러운 존재가 될지도 모른다. 아니 높은 확률로 그럴 것이다. 괜히 미래의 내 눈치를 보게 되지만 달리 할 수 있는 일은 없다. 미래의 내가 또 어떻게 달라져 있을지는 미지수니까. 그야말로 완벽한 비대칭적 관계다.

책을 받아들고 나오면서 내 신분증의 사진을 다시 쳐다봤다. 오랜만이었다. 열일곱 살에 주민등록증을 만들기 위해 찍은 증명사진이다. 멀뚱멀뚱 사진사의 카메라를 바라보고 있는 한참 전의 나. 너무나 잘 알지만 이제는 더이상 내가 아닌 나. 사진 속의 나는 부끄러움이라곤 모르는 것처럼, 지금의 나를 똑바로 쳐다보고 있었다.

파국적
상상력

최초로 상상했던 파국은 부모님의 변고였다. 초등학교 학급문고의 영향이 컸다. 당시 학급문고엔 연도별 소년소녀가장 생활 수기집이 필독 도서로 꽂혀 있었고, 나는 그 수기들의 열렬한 탐독자였다.

저자들은 대부분 내 또래였다. 부모 중 한 명이 알코올 중독에 빠지면 다른 한 명이 집을 나가고 조부모나 먼 친척의 손에 맡겨져 고생하는 이야기가 많았다. 수기를 열심히 읽다보면 남의 슬픔이 내 것처럼 느껴졌다. 피아노 학원의 1인 연습실에 들어가 문을 잠그고, 책에서 읽은 슬픈 수기를 떠올리며 피아노를 치다 울기도 했다.

역시 피아노 학원에서 소년소녀가장 생활 수기를 곱씹다 집에 간 어느 날. 상상 속에서 나는 할머니 손에서 외롭게 자라는 조숙한 초등학생이 되어 있었다. 금방이라도 눈물이 떨어질 것 같은 기분으로 집에 가보니 엄마와 큰이모가 나란히 엎드린 채 부항을 뜨고 있었다. 두 분의 등에 번져가는 벌건 부항 자국을 보며 나는 마지막 슬픔을 짜내어 물었다. "이모야, 우리 엄마 아빠 안 계시면 이모가 나랑 동생 키워주나?"

좀더 크고 나자 파국에 대한 상상력도 다양해졌다. 가족 너머에도 도처에 파국의 가능성은 존재했다. 그중에 제일 무시무시했던 건 북한의 존재였다. 초등학교 고학년 무렵, 꿈에서 나는 항상 피난 가방을 꾸렸다. 잠자리에 들기 전 첫번째 기도는 항상 '남북의 평화통일'이었다. 뉴스에서 북한 이야기만 들어도 가슴이 덜컹 내려앉았다.

사춘기 이후로는 파국이 꼭 물리적 차원에서만 일어나는 것이 아니라는 걸 깨달았다. 때론 관계의 파국이 가장 두렵기도 했다. 그러면서도 나도 모르게, 새로운 관계가 생기면 그 관계의 끝을 상상하곤 했다. 누군가를 좋아하게 되면 그 사람의 죽음을 걱정했다. 나는 어떻게 될까, 장례식엔 가야 하나 하고 말도 안 되는 공상에 빠졌다. 연인을 만나면 헤어질 날의 모습을 머릿속으로 끊임없이 시뮬레이션했다.

범위를 넓혀가던 파국에 대한 상상력이 부메랑처럼 내 마음속으로 돌아오기도 했다. 이십대 초중반 언젠가는, 나 혼자 경계선 위에 아슬아슬하게 서 있는 것처럼 느껴지던 날들이 있었다. 빗금을 넘어가면 다시는 돌아올 수 없을 것만 같은 기분이었다. 심리적 파국이었다. 어린 시절부터 단련된 파국에 대한 상상이었지만 나 자신의 차원으로 좁아지는 데에는 익숙지 않았다. 다행히도 몇 달 후, 계절성 독감이 지나가듯 두려움도 사라져갔다.

나는 왜, 오랫동안 파국적 상상에 길들여졌을까. 한때는 내 마음에 나쁜 씨앗 같은 게 심어져 있는 게 아닌가, 그래서 그 씨앗이 세계의 끝을 상상하게 만드는 게 아닐까 하고 생각하기도 했다. 한동안은 의식적으로 파국적 상상력이 나래를 펼칠 때마다 주의를 애써 다른 곳으로 돌리기도 했다.

하지만 언젠가부터 알게 됐다. 아주 오래전부터 습관적으로 파국을 떠올릴 때마다, 세계와 나 사이에는 모종의 팽팽한 긴장감이 형성된다. 그 긴장감은 결코 불길하거나 괴롭지 않고, 나의 마음을 또렷하게 무장시킨다.

종말을 떠올리면 모골이 송연해지고, 그 순간 '나'의 자아와 세계 사이에는 명확한 경계선이 다시 생겨난다. 세계가 나로부터 한 걸음 뒷걸음쳐 관찰 가능한 거리까지 멀어져갈 때 오히려 느끼게 되는 스스로의 존재. 그럴 때면 오히려 그 어떤 파국이 닥쳐오더라도 괜찮을 것 같은 기분이 든다.

나는 파국을 상상하지만 파국이 두렵지는 않다.

----

* 한병철의 에세이 『에로스의 종말』에서 아이디어를 얻어 쓴 글입니다.

보일러실의
비둘기

    부산 본가에 오랜만에 와보니 베란다 보일러실에 비둘기가 둥지를 틀었다. 여름이라 보일러실을 열어볼 일이 없어 부모님도 모르고 계시다, 까치가 하도 울기에 들여다보니 비둘기 한 마리가 알을 품고 있었던 거다.

    보일러실은 비둘기 흔적으로 난장판이었다. 신고를 받고 출동한 관리사무소 직원이 장대를 들고 와 어미 비둘기를 먼저 쫓아내자 둥지만 덩그러니 남았다. 하얀 메추리알처럼 생긴 비둘기 알 두 개를 품은 채.

결국 비둘기 둥지에 손을 댈 수밖에 없었다. 가까이서 처음 본 비둘기 둥지는 귀엽지만 안쓰러웠다. 전선 피복, 비닐 조각, 헝겊 같은 것들이 지푸라기와 함께 둥지를 이루고 있었다. 사람들이 내다버린 쓰레기를 하나둘 물어와 보일러실 안에 둥지를 틀 때 무슨 마음이었을까. 적당히 따뜻하고 비바람도 들이치지 않으니, 터를 잘 잡았다고 좋아했을지도 모른다.

그렇게 보일러실 비둘기들을 떠나보낸 지 며칠째. 둥지는 사라졌지만 비둘기들은 아직도 우리 집 근처를 맴돈다. 아랫집 보일러 연통에 앉았다 윗집 연통에 앉았다 안절부절이다. 졸지에 철거민 신세가 됐으니 얼마나 당황스러울까. 얼른 알도 품어야 하는데 애가 탔을 것이다. 그 모습을 본 아빠는 비둘기가 알만 가지고 가게 해주자시는데, 말도 통하지 않는 비둘기더러 알만 물고 가라고 할 수도 없는 노릇.

결국 고민하시던 부모님은 비둘기 알을 방생(?)하러 근처 동산으로 나가셨다. 비둘기에겐 이 사실을 어떻게 알리나. 알을 저기 가져다뒀으니 얼른 가서 품어주라고 할 수도 없고.

얼마나 갈 데가 없으면 이렇게 사람 바로 지척에 둥지를 틀었을까. 이젠 둥지도, 알도 더이상 없는데 그런 줄도 모르고 또 15층까지 날아와 한참을 맴돈다. 천덕꾸러기 취급 받는 줄도 모르고 자꾸만 우리 집을 기웃거리는, 안쓰럽지만 품어줄 순 없는, 보일러실의 비둘기.

건강염려증

버스에서 갑자기 심장이 벌렁벌렁 쿵쾅쿵쾅하고 크게 뛰면서 알 수 없는 불안이 번지기에, 여기서 쓰러지면 어느 병원이 제일 가까운지를 생각했다. 대략 5천 번쯤은 반복한 걱정이었을 것이다.

멀쩡히 버스에서 내려 엘리베이터를 타고 집에까지 올라오는 길에는 오른쪽 골반 근처가 쿡쿡 쑤셔서 여차하면 119를 누르려고 휴대폰을 손에 꼭 쥐었다. 맹장염인 걸까? 하지만 이 역시 3천 번은 해본 걱정이다. 심장이 뛰고 머리가 아프고 소화가 되지 않거나 배가 아플 때마다 나는 심근경색이나 뇌종양, 위암과 맹장염 복막염 등의 병명을 떠올린다. 심지어 팔다리에 멍만 들어도 당뇨가 걱정된다. 최근에는 백내장 녹내장이 와서 눈이 잘 보이지 않게 될까봐 두렵고, 조기 치매도 굉장히 무서워지기 시작했다. 하지만 역시 제일 무서운 건 건강염려증이다. 이대로 영원히 낫지 않으면 어떡하나. 이렇게 영원히 걱정해야 할까봐 또 걱정이다.

싫다고
말하지
못한 것

싫은데 싫다고 제때 말하지 못한 감정은 오래 남는다. 아직도 기억나는 건 중학교 때 기술 선생님이다. 팽글팽글 두꺼운 안경을 쓴 남자 선생님이었는데 대단한 독설가였다. 그 선생님의 수업 시간만 되면 분명히 깨어 있는데도 가위에 눌린 것 같은 착각이 들곤 했다.

쌍욕이 동반된 독설은 아니고, 교묘하게 비틀어 듣는 사람이 모욕감을 느끼게 하는 종류의 독설 전문이었다. 입가엔 허연 침이 포말처럼 자주 고여 있었다. 요즘으로 치면 성폭력에 준하는 발언도 많았는데 아직도 기억나는 단골 대사는 이런 것. "너희들은 툭 치면 터질 것 같은 물오른 꽃

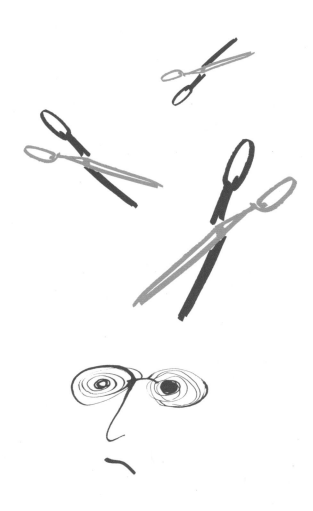

봉오리야." 세상에. 대부분의 친구들이 비슷하게 기분 나빠했지만 어쩔 도리가 없어 비슷하게 견뎠다.

못지않은 선생님이 한 명 더 있었다. 중2 때 담임 선생님이었던 체육 교사. 열네 살이던 나와 내 친구들은 당시 매일 배가 고팠다. 그날도 아마 점심시간 전에 이미 배가 고팠던 모양이다. 선생님 배고파요! 아이스크림 사 주세요! 아우성치는 아이들에게 선생님이 인자하게 던진 한마디. "너네 그렇게 배고프면 내가 열 달 동안 배 안 고프게 해줄까?" 맙소사.

예상치 못한 한마디에 아연실색한 아이들은 그다음부터 배고프단 얘길 절대 하지 않았다.

고등학교에 진학하자 선생님들도 한 단계 진화했다. 물리적 접촉형이 늘어났다. 맨 앞자리에 앉은 아이들의 종아리를 회초리로 툭툭 건드리기 좋아했던 당시 사회 선생님. 근현대사 담당이었다. "너네 자꾸 졸면 내가 무섭게 혼낸다, 내가 이래 봬도 5·18 때 광주에 특전사로 진압하러 내려갔던 사람이야." 그의 유일한 자랑거리였다.

당시 내가 택했던 최고의 반항은 절대 수업을 듣지 않고 계속 조는 것이었다. 언제 한번 대자보라도 써야 할까 고민하다 결국엔 조용히 졸업을 했다. 졸업을 하고도 한참 시간이 지난 뒤, 싫었던 선생님들이 꿈에 나왔다. 꿈에서야 자리를 박차고 일어나서 책상을 엎을 수 있었다.

타이밍을 놓친 분노만큼 해로운 게 없다는 걸 깨닫게 해주는 학창 시절의 몇몇 기억들. 아쉽게도 좋았던 선생님들 이름은 금방 잊었는데, 싫었던 선생님들 이름은 오랫동안 잊지도 않는다.

열일곱
서른둘

열일곱과 서른둘이 도대체 뭐가 달라진 것 같아, 라는 가사를 처음 봤을 땐 그럴 리가 없다고 생각했다. 그 노래를 처음 들었을 때 열일곱 살이었기 때문이다. 변덕도 많고 욕심도 많아서 스스로가 대단한 사람인 줄로만 착각했다. 아니 적어도, 서른두 살에는 열일곱 살과 완전히 다른 삶을 살고 있을 거라고 믿었다. 열일곱과 서른둘이 같으면 시간에 대체 무슨 의미가 있나, 왜 저렇게 말도 안 되는 가사를 썼을까, 하고.

명확하게 확인된 바는 물론 없지만 감정의 주파수가 있

다고 오랫동안 믿어왔다. 그렇지 않다면 생뚱맞은 기억이 난데없이 눈앞에 펼쳐지는 상황들을 어떻게 설명할 수 있을까. 예를 들어 A와 B라는 전혀 다른 상황과 조건에서 생성된 감정이 우연히 똑같은 위치에너지를 가지게 된다면, 2008년의 B라는 상황에 놓인 내가 별안간 2003년의 A라는 기억으로 소환당하는 일이 벌어지는 것이다. 당연히 예고 없이, 벼락같이. 그래서 나는 때때로 가판대에서 잡지를 사다가 한여름 열기에 데워진 모래사장에 발을 데었던 기억에 깜짝 놀라기도 하고, 버스 앞좌석에 앉아 귀를 파는 사람의 새끼손가락을 골똘히 쳐다보다가 마루 위 벌레를 잡던 기억 속으로 던져지기도 한다. 아무리 다른 상황에서라도, 우연히 조합된 감정들이 비슷한 위치에 놓이기만 한다면.

그러니까 엄연한 가을밤인 지금, 순하고 부드러운 밤의 공기를 느끼다 갑작스레 어느 예전의 가을밤으로 소환당해도 이상한 일은 아니다. 저 노래를 처음 듣던 어느 가을밤으로, 나의 열일곱으로.

우리가 떠나보낸 시간들은 연속적인 직선 위가 아니라

뚝뚝 끊어진 점들 위에 놓여 있을 확률이 높다고 생각한다. 비슷한 감정의 위치에너지에게 습격당하는 일을 자주 겪고 나면 더욱 그렇다.

짧지도 길지도 않았던 나의 시간들 속에서, 내가 찍어온 감정의 평면 좌표들은 어디까지 나아갔을까. 기억의 순서가 뒤바뀌고 감각이 혼돈에 빠지는 신기한 현상을 무수히 겪으면서도 왜, 열일곱과 서른둘의 위치에너지가 엇갈리고 평행하다 어느 순간 갑자기 마주칠 수도 있다는 생각은 못 했을까. 열일곱과 서른둘이 도대체 뭐가 달라진 것 같아. 열일곱보다는 서른둘에 가까워지면서 이해할 수 있게 된, 하지만 열일곱에서는 절대로 이해할 수 없었던 가사 한 줄.

일 기 의

흉 터

오랜만에 일기장을 꺼내서 손으로 일기를 썼다. 검정색의
몰스킨 줄노트인데 표지엔 'S-Honors Club'이라는 금박과
함께 대학교 마크가 새겨져 있다. 대학 출입기자를 잠깐 하
던 시절, 기자들에게 나눠줬던 노트였던 걸로 기억한다.

일기장의 시작은 2010년 9월 22일, 추석날이다. 내일 출
근할 걱정, 수해 기사를 써야 하는 걱정, 아이디어 고갈 걱
정, 주로 걱정되는 내용만 쓰여 있다. 기자에서 PD로 직업
을 바꾸면서 일기도 달라졌다. '내일 뭐 쓰지?'에서 '내일
촬영 어떡하지?' 정도로 걱정의 방향이 바뀌었다.

대부분은 구체적인 일상에 대한 일기지만 몇 가지는 다

시 봐도 도무지 무슨 얘기인지 알 수가 없다. 일기를 쓰면서도 무의식중에 자기 검열을 하게 되는데(10년 후의 나를 독자라고 생각한다), 자기 검열 끝에 상황 설명을 생략하고 감정만 써놓은 경우엔 분명히 내가 쓴 글인데도 남의 얘기 같다.

반대로 시간이 많이 흘렀지만 너무 생생해서 보기 힘든 일기도 있다. 힘든 일이 많아 털어놓을 상대가 필요했는데 사람은 아니었고, 일기장밖에 없었다. 그 시기엔 일기를 쓰면서 자주 울었는지 군데군데 글자가 번져 있었다. 누군가와 만나고 헤어지며 겪은 사건들, 대화들, 감정들이 자세히 기록돼 있었다. 쓰지 않고는 받아들이기 어려운 감정들이었던 것 같다. 괴롭지 않은 이별이 어딨겠냐만, 유독 더 끔찍했던 경우가 분명 존재한다. 어떤 값을 치러서라도 결코 돌아가고 싶지 않은 순간들.

처음으로 일기장의 몇 페이지를 찢어서 버렸다. 감정이 격해져 손으로 잡아 뜯는 바람에 일기장엔 울퉁불퉁한 상처가 남았다. 다 뜯어서 버리고 나니, 혹시 긴 시간이 지나고 버려진 일기를 궁금해하진 않을까 하는 마음이 잠깐 들었다. 미래의 나는 언제나 호기심 많은 독자니까. 하지만 괴로움이라면, 뜯겨나간 자국을 보는 것만으로 충분히 전달되리라. 조금 남은 부분을 마저 뜯어버렸다.

노래가
저장하는 것

노래는 시간을 저장한다. 어떤 시기를 다시 복기하고 싶다면, 그 시기에 자주 들었던 노래를 들으면 된다. 노래는 그 노래를 들었던 시간과 공간 같은 환경적 조건에 민감하게 반응하기 때문이다. 어떤 시절에 열심히 들었던 노래는 영원히 그 시절을 그대로 담아둔다. 나에게 가장 강렬한 시간을 저장해둔 노래는 '넬'의 〈고양이〉다.

대학 기숙사에 짐을 풀고 새 친구들을 사귀기 시작하던 봄날. 설레고 낯설면서 이상하게도 항상 풀죽어 있었다. 대학생활에 어려움이 있거나 문제가 있는 건 아니었다. 그냥 이유 없이 센티한 기분이 드는 날이 많았고 그럴 때마다

이 노래를 들었다. 가사의 모호한 괴로움이 좋았다. 〈고양이〉의 가사에서 화자는 특정한 사건이나 특정한 문제로 힘들어하지 않는다. 단지 자신을 감싸고 있는 모호한 우울감을 표현할 뿐이다.

이 노래를 켜놓고 늦은 새벽까지 자주 공상에 빠졌다. 잠은 자지 않고 라디오를 듣거나 소설을 읽었다. 들어오지 않는 룸메이트를 기다리며 블로그에 일기를 쓰고, 메신저에 접속해 있던 기숙사 친구들과 수다를 떨었다.

새벽 늦게 잠들었다 1교시 수업을 위해 학교로 내려가는 길에는 기숙사 세탁소를 지나갔다. 세탁소 앞에선 항상 산뜻하고 인공적인 향이 났다. 세탁물 냄새를 맡으며 걸어가다 발걸음을 돌려 영화를 보러 가거나 차를 마시러 가는 일이 많았다. 맥주 한 캔을 마시고 어지러워 토한 밤도 있었다. 모든 것이 어색했고 이대 앞 미용실을 찾아가 처음 한 파마는 순식간에 풀려버렸다.

잠이 오지 않는 밤에는 근처 공원까지 걸어갔다. 공원가에 누워 별을 보기도, 기숙사 운동장 계단에 앉아서 두런거리며 밤늦게 얘기를 나누기도 했다. 강의실 문에서 비죽 나타나는 누군가의 얼굴이 유독 눈에 잘 들어왔고 지나가는 말 한마디가 신기했다.

좋아하던 수업은 딱 두 개였는데, 그 시간에만 깨어서 수업을 들었다. 독문과 최윤영 교수님의 강의, 서양사학과 최갑수 교수님의 강의였다. 두 수업이 끝나고 나면 정수리 끝이 바싹 긴장해 시원한 느낌이 들었다. 무인양품 공책을 차곡차곡 모아가며 필기하는 것도 좋았다. 다른 수업에선 아무리 애를 써도 맥없이 잠에 빠졌고 흥미도 생기지 않았다. 결국 또래에선 찾아보기 드문 2점대 학점을 받는 것으로 1학년 1학기가 마무리됐다.

여름방학이 시작되고 나는 부산으로 내려갔다. 계절이 바뀌자, 매일같이 듣던 이 노래도 조금 지겨워졌다. 다음 해가 되자 '넬'의 노래를 거의 듣지 않게 됐다. 더이상 이유 없이 늦게 잠들지도 않았다. 수업은 꼬박꼬박 들어갔고 망쳐버린 과목은 재수강을 해 학점세탁을 했다.

하지만 이 노래를 들을 때면 언제나 그해 봄의 묘한 기분들이 떠오른다. '내가 어떡해야 되는 건데, 울지 못해 우는 건 이제 싫은데' 하는 후렴구와 함께. 언제든 어디서든

이 노래가 시작되면, 나는 순식간에 시공간을 거슬러 기숙사 삼거리 세탁소 앞에서 서성이게 된다. 불안하고 달뜬 열아홉의 마음을 겨우 추스르며.

안 녕
빛 의 세 계

H.O.T.의 〈빛〉은 초등학교 시절 청소시간의 공식 BGM
이었다. 이 노래를 들으면 이상하게 신이 나서 대충해도 될
청소를 더 공들여 했다. 나는 주로 바닥 청소를 맡았는데,
일주일에 두세 번은 왁스칠을 해야 했다.

낡은 수건에 왁스를 조금씩 묻혀 결을 따라 문지르면 칙
칙하던 마루에 색이 돌았다. 청소도 하다보니 재미가 붙어
당번이 아닌 날에도 남아 혼자 음악을 켜놓고 왁스칠을 했
다. 빛나는 갈색 마룻바닥을 보면 기분이 좋았다. 정확히
는, H.O.T.의 노래를 들으며 마룻바닥을 닦던 그 시간이 좋
았다.

열두 살 무렵이었을 것이다. 내가 꿈꾸던 미래는 단순했다. H.O.T.는 9집, 10집을 내며 영원한 오빠들로 남을 것이고, 나는 대학생이 됨과 동시에 팬클럽 임원이 될 예정이었다. 전국 회장이 어렵다면 지역 회장 정도는 할 수 있지 않을까 기대했다. 팬클럽 회장이 되어 맞을 미래는 눈부시고 아름다울 게 분명했다. 결혼하고 아이를 낳게 되면 아이들을 데리고 콘서트에 가는 장면을 그렸다. 상상 속 피날레는 다 같이 〈빛〉을 부르며 화려하게 끝나곤 했다.

〈빛〉이 발표되고 몇 년 후, 영원할 것 같던 H.O.T.는 눈물의 기자회견으로 해체를 선언했다. 나는 2박 3일을 앓았다. 생애 처음으로 느낀 강렬한 배신감이었다. H.O.T.가 나오지 않자 〈인기가요〉도 〈뮤직뱅크〉도 뜸해졌고, 매일 아침 눈을 뜨면 데뷔 후 며칠인지 날짜를 세는 일도 멈췄다. 부모님 생신보다 더 챙기던 멤버들의 생일을 잊고 지나가기도 했다. 열광하는 일에 차츰 시들해졌고 소리지를 일이 사라졌다. 그렇게 고등학생, 대학생, 직장인이 되어갔다. 그런 시절이 있었단 것조차 까마득했다.

얼마 전 회사 근처에서 벽을 보고 혼자 담배를 피우는 어떤 남자를 지나쳤다. 흔한 뒷모습인데도 이상하게 마음이 쓰였다. 옆을 지나다 쳐다보니, H.O.T.의 리더였던 문희준이었다. 바로 옆 방송사 건물 앞엔 어느 그룹의 팬인지 모를 팬들이 길게 장사진을 치고 앉아 있었다. 자신들 옆에서 등을 돌리고 담배를 피우는 사람이 누구인지는 짐작도 하지 못한 채.

문희준의 뒷모습을 보고 돌아 걸어오는데 문득 〈빛〉의 가사가 떠올랐다.

다 함께 손을 잡아요 그리고 하늘을 봐요
우리가 함께 만들 세상을 하늘에 그려봐요 눈이 부시죠

한 치의 의심도 없는 낙관의 세계다. 〈빛〉을 듣던 그때의 나도 세상에 이렇게 많은 근심, 걱정, 불안, 슬픔이 있는 줄은 미처 몰랐다. 이 가사를 쓰던 시절의 H.O.T. 멤버들도 마찬가지였을 것이다. 그들 역시 너무 어렸으니까.

이제는 이 노래를 따라 부르면 서글픈 마음이 든다. 어린 시절 나를 한없이 들뜨게 만들었던 그 밝은 곡조가 되려 슬프게 들린다. 그 시절에만 누릴 수 있는 대책 없는 낙관과 밝음 때문에.

어른이 되어 우리가 함께 만든 세상에선 모든 게 너무 빨리 변하거나 사라지기 시작했다. 노래를 들으며 낡은 마룻바닥을 보물이라도 되는 것처럼 애지중지 쓸고 닦던 그 시절의 나, 이유 없이 자꾸만 희망차고 들뜨던 마음 같은 것들도.

햇볕의 힘

　기분을 좌우하는 가장 큰 요인은 햇볕이다. 쉬는 날이라면 더 그렇다. 주말 아침, 적당한 햇볕이 있는 날엔 당장이라도 뛰어나가고 싶어진다. 한강도 걷고 싶고 동네 슈퍼, 빵집이라도 다녀와야 한다.

　날이 흐리면 대번에 기운이 빠진다. 시간이 어떻게 흘러가든 상관없는 상태가 된다. 이런 하루는 대개 흐지부지 흘러간다. 잠에서 깼더라도 침대로 다시 기어들어가기 때문이다.

　이번주는 유난히 날씨가 좋았다. 화요일 오후의 햇볕은 그중에서도 최고였는데, 모든 게 환상적으로 보일 정도였

다. 저녁 무렵이 되자 작은 방에는 오후의 농축된 햇살이 가득차기 시작했다. 햇볕을 한참 바라보다 그 자리에 누웠다. 단 10분의 일광욕으로도 아주 행복해졌다.

가만히 상상을 해본다. 언젠가 여유가 생긴다면, 하루종일 햇볕이 잘 드는 곳을 찾아다니며 시간을 보내리라. 아침엔 베란다에서 하염없이 창밖을 바라보면서 햇볕을 쬐고, 점심엔 볕이 강할 테니 잠깐 낮잠을 자다가, 오후엔 지는 석양을 끝까지 좇아서 한강변을 달려갈 것이다. 해가 뜨고 해가 지는 단순한 원리에 따라 보낼 하루.

그나저나 오늘은 영 해가 나질 않는다. 이럴 땐 달리 방법이 없다. 믹스커피를 두 봉 털어 넣고 아이스커피나 만들어 마셔야겠다. 그리고 해가 다시 나길 기다리며 한숨 자는 수밖에.

외할머니

    외할머니는 이젠 찾아뵐 수 없는, 저 너머에 계신다. 돌아가시기 전에도 자주 뵙지는 못했다. 고작해야 1년에 두 번, 온 가족이 모인 명절 식사 자리에서도 꾸벅꾸벅 졸고 계셨다. 앉은 채로 잠든 외할머니를 가볍게 흔들어 부르면 깜짝 놀라 호호호 하며 입을 가리고 웃으셨다. 무릎 밑으로 내려오는 긴 스커트를 자주 입으셨고 오래된 스웨터들이 많았다.

    여든다섯 해를 살았던 외할머니는 내가 어렸을 때 크게 아프신 적이 있었다. 뇌종양이라고 했다. 수술을 위해 머리까지 다 밀고 입원중이실 때, 병문안을 가서 환자용 식판에 담겨 나온 밥을 떠 먹여드렸다. 정작 수술 당일엔 기적이라고밖에 할 수 없는 일이 벌어져 퇴원하셨다. 전날까지 그 자리에 있던 종양이 수술 직전 자취를 감췄던 것이다. 가족도 놀라고 의사도 놀랐지만 공연히 머리만 민 꼴이 되었다.

외할머니는 느렸다. 아침밥을 다 차리고 나면 이미 점심때라는 우스개가 있었다. 언제나 느릿느릿 마중을 나오시고, 느릿느릿 자리에 앉으셨다. 외가는 오래된 아파트였는데 다용도실 방충망엔 꼭 나비처럼 생긴 얼룩이 있었다. 내가 놀러가면 항상 "정언아, 나비 기억나나" 하면서 방충망을 보여주시곤 했다.

돌아가시기 전, 남편과 같이 병원엘 찾아간 적이 있다. 신혼부부였던 우리가 병실에 들어서자, 외할머니는 천천히 몸을 일으키시더니 남편을 보시곤 "우리 정언이 많이 사랑해주세요" 하고 존댓말을 하셨다. 까마득한 손자사위인데도 사위란 여전히 어려운 존재였을까.

중환자실로 옮기셨다는 소식을 듣고 다시 찾아뵀을 때는 의식이 없었다. 열을 내린다고 얇은 담요마저 들춰놓아 할머니가 덜덜 떨고 계셨다. 낡은 양말이 맘에 걸려 다음에 올 때 두터운 수면양말을 챙겨와야지, 했는데 결국 신겨드리지 못했다. 마지막 만남이었다.

딱 한 번, 꿈에 나오신 적이 있다. 정확히는 외가 식구들이 모두 모여 외할머니를 찾아가는 꿈이었다. 가는 길이 너무 멀어서 꿈속에서 얼마간 헤매느라 막막했던 기억이 난다.

얼마 전 백화점에 들렀다 모자 파는 곳을 지나쳤다. 매대 근처에 모여 있는 중년 부인들을 보자 외할머니 생각이 났다. 하는 수 없어 외할아버지 모자를 샀다. 외할아버지는 먼저 세상을 떠난 외할머니를 두고 "꾀가 많아서 먼저 하늘나라로 가버렸다"고 하신다.

외할머니가 돌아가셨을 때 나는 〈여성시대〉 조연출이었는데, 양희은 선생님이 이렇게 위로해주셨다. "그래도 외할머니가 너 이렇게 클 때까지 계셔주신 건 정말 감사한 일이야." 맞다. 1년에 두 번 뵀던 외할머니라도, 내가 다 커서 취직을 하고 결혼을 할 때까지 함께해주셨던 게 참 고맙다.

지금도 어딘가에서 느리게 꾸벅꾸벅 졸고 계실 것만 같은, 우리 외할머니.

혹시
스 무 살 ?

오래전 블로그를 들어갔다 누군가 내게 말을 건넨 흔적
을 발견했다. 낯모르는 누군가 남긴 글은 짧았다. "혹시 스
무 살?"

"혹시 스무 살?"

10년 전의 인사 한 줄을 소리 내어 발음해본다. 혹시 스
무 살 그리고 가볍게 얹은 물음표. 말하는 것만으로도 기분
이 좋아지는, 왠지 모르게 상큼한 문장이다.

너는
어떤 사람이
되어 있을까

오랜만에 대학 동기들을 만났다. 스무 살에 처음 본 얼굴들이 이젠 모두 삼십대가 됐다. 집으로 돌아오는 어두운 강변북로에서, 처음 그 친구들을 만났던 낡은 과방 풍경이 떠올랐다.

사회대 2층 왼쪽에서 두번째 방. 어색한 파마를 하고 입구에서 내 이름표를 하나 집어들었던 기억이 난다. 오래된 소파엔 나처럼 이름표를 집어든 몇몇이 어색하게 앉아 있었다. 시선을 어디 둬야 할지, 심지어 팔다리를 어떻게 움직여야 할지 모를 만큼 모든 게 새로웠다.

지금도 내 앞과 양옆에 앉았던 세 동기가 똑똑하게 기억이 난다. 막 스무 살이 된 친구들의 눈빛이 참 또랑또랑했고, 이 아이들은 더 크면 뭐가 될까 하고 궁금했던 시절이 있었다.

잊을 수 없는 한마디를 들은 것도 그 무렵이었다. 스무 살 연말에 받은 편지에 적혀 있던 그 말.

"너는 서른 살이 되면 어떤 사람이 되어 있을까?"

그 편지를 쓴 친구는 영영 잊었겠지만, 이상하게 그 말이 오랫동안 잊히지 않았다. 스무 살에서 서른 살로 흘러온 지난 10년간 꽤 자주 그 말을 떠올렸다. 연말이나 생일처럼 시간이 지나가고 있다는 사실을 깨닫게 되는 시기엔 더 자주 그 질문을 생각했다.

스물여섯, 스물일곱, 한 해 한 해가 흘러갈수록 조바심이 나기도 했다. 그게 무엇인지는 끝내 모르겠지만, 나의 스무 살을 보고 누군가가 기대했을 '서른 살의 나'를 향해 잘 가고 있는 걸까 싶었다.

정말 삼십대가 되고 보니 더욱 무겁게 느껴지는 오래전의 질문. 나는 지금 어떤 사람이 되어 있는 걸까? 스무 살의 내가 눈앞에 나타나 지금의 내 모습을 본다면, 흡족해하며 돌아설 수 있을까. 내게 편지를 준 친구가 스무 살의 나를 바라보며 상상했던 10년 후는 어떤 모습이었을까. 그 친구와는 연락이 끊긴 지 오래라 답은 영영 알 수도 없게 되어버렸다.

가끔 이유 없이 쫓기는 기분이 든다. 모든 게 시간표대로 잘 흘러가고 있는데도 꿈에서는 항상 전쟁통이다. 쫓기는 꿈을 한바탕 꾸고 일어난 아침엔, 스무 살의 내가 꿈속에서 밤새 나를 쫓았나보다 하고 생각한다. 빨간색 뿔테 안경을 쓰고 일부러 천천히 걸어 수업을 빼먹던 10년 전의 나. 쓸데없는 공상만 즐기던 스무 살의 나. 그 내가 지금의 내 뒤를 밟아 쫓아오고 있을지도 모른다. 나의 뒤를 밟다 결국엔 어떤 점을 마음에 들지 않아 할 것이다. 다 그렇지 뭐, 하고 자주 체념하는 습관과 언젠가 쓰겠다고 생각만 하고 미뤄둔 이야기에 대해 질책할 것이다.

스무 살에는 맞은편에 앉은 사람의 10년 후가 궁금했다. 그런데 삼십대가 되고 보니, "10년 후 너는 어떤 사람이 되어 있을까?" 하고 물어보기가 어쩐지 조금 민망하다. 스무

살에는 스무 살에 어울리는 질문이 있고, 서른 살에는 서른
살에 어울리는 질문이란 게 있을 테니까.

니가 세상에서
사라졌으면
좋겠어

M과 나는 친구였다. 같은 아파트 단지 안에 살면서 같은 초등학교, 같은 학원에 다녔다. 성적도 비슷했다. 어머니들 역시 동갑내기였는데 심지어 이름마저 같았고 남동생들도 친하게 지냈다.

M과 나는 완전히 달랐다. 지금이라면 친구가 되긴 어려웠을 것이다. 수학여행이라도 가면 M은 앞에 나가서 춤을 췄고 나는 여행이 빨리 끝나기만을 간절히 바라는 쪽이었다. 우리는 초등학교 6학년이었다.

동시 짓기 대회에 나갈 후보로 우리 둘이 선정된 적이

있었다. 두 명을 연습시킨 뒤 잘하는 한 명을 대표로 내보내겠다는 학교의 계획이었다. M과 나는 성적이 상위권이라는 이유로 뜬금없는 동시 짓기 특훈에 들어가야 했다. 수업이 끝나면 선생님들이 다과실로 사용하던 다락에 올라가 시를 썼다. 소파가 하나 탁자도 하나, 탁자 위엔 오래된 커피포트와 머그잔 그리고 쥐를 잡기 위한 끈끈이가 여기저기 놓여 있는 곳이었다.

동시 특훈은 매일같이 이어졌다. 시가 수학이나 영어도 아니고, 매일 쓴다고 느끼는 건 아니었지만 아무튼 매일 시를 썼다. 말수도 적은데다 왠지 의기소침하던 시절이었다. 그래서 M에게 기습공격과도 같은 한마디를 들었을 때 아무런 대꾸도 하지 못했다. 그냥 나란히 서서 걸어오던 길을 계속 걸어왔을 뿐이었다.

그날은 마지막 특훈 날이었다. 여느 때처럼 과제를 내주고 한 시간 후 우리를 찾아온 선생님이, 대회는 정언이가 나가라, 하시곤 다시 계단을 내려갔다.

대회에 나가게 돼서 좋기보단 다락에서 해방되어 다행이라는 생각이 먼저 들었다. 홀가분한 마음으로 짐을 싸 매점 옆으로 난 작은 문으로 걸어나왔다. 친구들은 다 집에 가버리고 운동장엔 공을 차는 남자애들만 몇 남아 있었다. M과 나는 날아드는 공을 피해 멀리로 빙 돌아 걸었다. 뻥, 하고 공 차는 소리와 남자아이들의 고함소리 사이로 M의 목소리가 들렸다.

"니가 세상에서 사라졌으면 좋겠어."

이후로도 한동안 우리는 친구처럼 지냈다. 같은 학원을 다니고 같은 동네에서 자라면 그럭저럭 친구라고 하던 시절이었다. 몇 년 후 각자 다른 고등학교로 진학하면서 M과는 자연스럽게 멀어졌다. 엄마를 통해 가끔 안부를 전해 들었다. 가끔 거리에서 마주치면 인사만 하고 지나쳤다.

시간이 많이 흘러 이제 M과는 아예 모르는 사이가 되었다. 공통의 연결고리도, 소식을 전해들을 기회도 없다. 이제 얼굴도 목소리도 거의 기억나지 않는다. 그럼에도 불구하고 저 한마디만큼은 마치 어제 들은 말처럼 생생하다. 운동장의 소음 위로 잔잔하고 차분하게 들려오던 말소리. 화난 것

같지도 않고 질투하는 것 같지도 않게 평범하던 말투, 집으로 오는 길 내내 이어졌던 무겁고 어색한 침묵까지도.

어떤 말들은 꽤 오랜 시간이 지나도 마음에 남는다. 오랫동안 잊고 살아서 그런 말을 들었다는 걸 기억조차 못할 즈음이 되면 갑자기 불쑥 떠오르곤 한다. 주로 잠들기 전 베갯머리에서다. 아, 내가 이런 말을 들은 적도 있구나. 무의식의 바다 아래로 묻어놓았던 말들이 갑자기 둥실 떠오를 때면 당황하게 된다. 언제 들은 말인지도 희미하지만 그 말을 듣던 순간의 모든 풍경이, 선명하게 재생되는 순간이 있다. 평소엔 아주 덤덤한데도 그런 기습 공격 앞에선 휘청거리고 만다.

어쩌면 우리가 하는 말들은 영영 사라지지 않는지도 모르겠다. 내뱉은 즉시 휘발되는 것 같아 가볍게 여기곤 하지만, 어디서든 어떤 기억으로든 타인들에겐 남아 있을 것이다. 새삼 내가 했던 말들을 돌이켜보게 된다. 나 자신은 기억조차 못하는 수많은 실언들이, 누군가의 무의식에 잠겨 있다가 어느 순간 두둥실 떠오른다고 생각하면 아찔할 뿐이다. 부디 나의 수많은 실언들이 수면 아래 오래오래 잠겨 있기를. 그리고 앞으론 남들의 마음에 상처로 남을 만한 말은 뱉지 않을 수 있길 바랄 뿐이다.

"니가 세상에서 사라졌으면 좋겠어."

그래도 그 문장, 이렇게 오래 기억 속에 남은 걸 보니 어딘가 인상적인 구석이 있긴 했다. 어쩌면 M에게 숨어 있던 시심時心이 그날 처음으로 발현된 건지도 모르겠다.

기 억 에
대 하 여

기억은 존재를 어떻게 규정할까? 알츠하이머에 걸린 주인공이 나오는 영화 〈스틸 앨리스〉를 보고 기억에 대해 생각하다보니 두려워졌다. 기억을 잃으면 존재도, 그 이전과는 달라졌다고 해야 할까. 아니 아예 사라져버린다고 해야 하는 걸까. 기억과 존재에 대해 답 없는 고민을 하다, 우연히 펼친 레이먼드 카버의 단편집에서 뜻밖의 위안을 얻었다.

단편집에는 다양한 사랑의 양상들이 등장한다. 사랑 때문에 권총자살을 하기도, 사랑 때문에 미쳐버리기도 한다. 오래전 사라져 희미해진 사랑도 있다. 모습이야 어떻든, 사람들은 이 다양한 상태를 '사랑'으로 부르길 주저하지 않는다.

기억에 대해서도 마찬가지의 너그러움을 적용해보면 어떨까. 사라진 기억도 편집된 기억도 '기억'이라고 인정한다면. 그래서 여전히 존재를 지탱하고 있다고 존중한다면 말이다.

화장실이 어딘지 잊어 바지에 실례를 하는 앨리스에게도 오늘 하루치의 기억은 남아 있고, 딸의 존재는 깜빡하더라도 오래전 죽은 언니의 모습은 그대로 기억한다. 어떤 기억은 사라졌지만 또다른 기억은 분명히 남아 있다.

사랑이 논리적이고 체계적이지 않은 것처럼, 기억 역시 그렇다. 어차피 우리 모두는 본능적으로 기억을 편집해가며 살아간다. 알츠하이머가 편집하는 기억에는 우리가 삶을 살아가는 데 꼭 필요한 정보들마저 포함돼 있다는 게 다를 뿐이다.

그러면 소설 속에서 사랑에 대해 말하는 대사를 빌려, 기억에 대해서도 다시 물어볼 수 있을 것이다.

"당신들은 어때요? 그게 여전히, 기억이라고 생각하나요?"

역시 소설 속 대사를 빌리면 이런 대답이 가능하다.

"자기 방식대로겠지만, 그건 분명히 기억이었다."

물론, 대체 그 기억에 무슨 일이 일어난 거지, 하고 계속해서 혼란스러울 것이다. 기억이 제멋대로라고 생각하게 될 것이다. 그럼에도 그것을 기억이라고 말할 수 있다면, 존재 자체가 송두리째 사라질 거라는 두려움 없이 살아갈 수 있지 않을까. 우리가 불완전한 사랑을 인정하며 살아가는 만큼만 기억에도 관대해질 수 있다면 말이다. 언제 불완전해질지 모를, 그리고 이미 불완전한 우리의 기억을.

야 경 과
안 정 감

오랜 시간이 지나도 잊기 어려운 야경들이 있다.

2008년 겨울, 미국 솔트레이크시티에 있는 유타대학교에서 한 학기를 머무른 적이 있다. 작고 조용한 동네라 수업이 끝나면 대부분의 시간은 기숙사에서 보냈다. 낮엔 주로 따뜻한 방에서 낮잠을 자다 저녁을 먹고 기숙사 옆 대학병원엘 갔다. 병원 안엔 24시간 문을 여는 스타벅스가 있어서 거기서 책을 읽거나 숙제를 했다.

밤늦게 기숙사로 돌아오는 길은 항상 멀게 느껴졌다. 해가 지고 나면 가뜩이나 조용한 길이 완전히 암전됐기 때문이다. 눈이라도 오면 사방이 온통 눈 내리는 소리로 가득했다.

그 길에서 나는 항상 고개를 오른쪽으로 꺾고 걸었다. 앞을 바라보지 않아도 기숙사까지는 훤히 아는 길이고, 부딪힐 사람도 없었다. 오른편으로는 솔트레이크시티의 도심이 한눈에 보였다. 그 길에서 자주 멈춰 선 채, 낮은 지대로 얕게 고여든 따뜻한 불빛을 자주 바라봤다.

미국으로 떠나오기 전, 몇 달간 이유 모를 불안감에 시달린 적이 있다. 주로 대중교통을 타고 있을 때나 해가 질 즈음에 불안이 시작됐다. 버스에선 중간에 내려 걸어야 했고 지하철은 잘 타지 않았다. 증상을 설명해도 이해하는 사람이 없는 것만 같아 방에 엎드려 혼자 많이 울었다. 당시 나는 내가 어떤 경계선을 밟고 서 있다고 느꼈다. 안전하고 건강한 세상의 테두리가 있는데, 그 끄트머리에 내몰린 채 한 발이라도 잘못 내딛지 않으려 애쓰고 있다고 생각했다. 미리 신청해뒀던 방문학생을 취소해야 할지 한참 고민했다. 장거리 비행을 상상하는 것만으로도 부담이 됐다.

결국 짧게 다녀오기로 결정하고도 걱정에 잠을 이루지 못했다. 다행이라고 해야 할지, 떠나기 직전 중이염에 걸리는 바람에 비행 내내 약에 취해 잠이 들었다.

중이염 걸린 귀를 부여잡고 미국에 도착한 지 두어 달 지난 무렵이었을 것이다. 오른쪽으로 고개를 꺾은 채 도심의 불빛을 바라보며 걷던 어느 날, 불현듯 혼자 야경을 보면서도 더이상 불안하지 않다는 걸 깨달았다. 조용하고 깜깜한 이역만리에서 혼자 어두운 도심의 풍경을 감상하는 나. 야경을 보고 아름답다고 느끼는 나는, 더이상 경계에 서 있지 않았다.

화려하진 않지만 따뜻하고 아름다웠던 솔트레이크시티의 도심, 넓고 광활한 사막 가운데 모여든 작은 불빛들. 그때 나는 처음으로 야경을 보며 안정감이라는 것을 느꼈다.

두번째 장면은 2년 뒤, 수습기자가 되어 여기저기 굴러 다니던 때였다. 당시 내 사수는 불지옥과 얼음지옥이라고 불리는 두 선배였는데 나는 두 지옥을 넘나들며 어마어마하게 깨지고 있었다. 말투가 느리다고 깨지고("박정언! 말 좀 빨리하란 말이야!") 취재 내용이 부실하다고 깨졌다("보고 할 게 없어? 확실하나?" "네. 아무 일 없었습니다." 하지만 놀랍게도 간밤에 살인사건이 일어나 있었다).

내게 제 발로 걸려드는 사건이나 특종이 있을 리 없었기에, 하루 일과는 대체로 단순했다. 새벽에 일어나 불지옥과 얼음지옥에서 번갈아가며 깨지다 경찰서 민원실에서 율무차를 몇 잔 마시면 다시 새벽이었다.

그날도 비슷했다. 평소보다 혼이 조금 더 나긴 했다. 춥고 더러운 기자실 대신 찜질방엘 갔다가 너무 깊이 잠든 것이다. 뜨끈한 동굴방에서 세상모르고 잠든 사이 전화기엔 긴 부재중 통화목록이 찍혀 있었다.

자정이 훌쩍 넘은 시간, 평소보다 훨씬 더 의기소침해진 채 택시를 타고 경찰서에서 경찰서로 옮겨다녔다. 수십 번을 돌아다녀도 별다른 사건이 나올 것 같지는 않았다. 내가 형사라도 어리바리한 수습기자에게 사건을 알려줄 리 없었다.

잔뜩 풀죽은 나를 태운 택시는 영등포의 좁은 골목을 가로질렀다. 겨울이라 사방이 어두워 모든 것의 윤곽이 흐릿했다. 보이는 것도 없고 보고할 거리도 없는데, 심지어 찜질방에서 잠들어서 혼이 나다니. 스스로가 정말 구제불능으로 느껴졌다. 눈물이 날 것 같았다.

그 순간, 눈앞에서 불이 번쩍 들어왔다. 주홍색 전구였다. 깜짝 놀라 쳐다보니 웬 남자가 택시 바로 앞에서 불을 켠 참이었다. 남자의 발밑으로는 수많은 과일 박스가 쌓여 있었다. 내가 탄 택시가 청과시장 골목을 지나는 중이었다.

어렴풋이 보이는 먼 천막에서부터 바로 옆 가게까지 불이 차례로 들어오기 시작했다. 택시가 지나가는 자리마다 길이 밝아져, 내 주위로 작은 빛들이 모여드는 것만 같았다. 어둡던 거리에 불이 켜지자 난전에 나와 있는 과일 궤짝들과 상인들의 윤곽이 드러났다. 마침내 온통 낮처럼 환하게 시야가 밝아졌다. 그 순간 하늘에서 그 장면을 내려다봤다면, 청과시장은 작은 빛의 섬처럼 보였을 것이다.

작은 과일가게에서 저마다 밝힌 불빛이, 환대의 빛처럼 느껴졌다. 아무리 바보 같아도 괜찮아, 걱정하지 마. 어딘가에선 따뜻한 것들이 너를 기다리고 있을 거야. 한겨울 밤중에 맞닥뜨린 불빛의 행렬은 내게 엄청난 위안이 됐다. 매일 바닥을 기고 있다고 생각했는데 밑바닥에도 아름답고 반가운 순간들이 있었다.

그해 겨울, 광화문 사거리에 모인 불빛들을 보며 오랜

만에 비슷한 안정감을 느꼈다. 야경, 밤의 불빛은 낮에 존재하던 것들이 사라지거나 변하지 않고 그대로임을 증명하는 유일한 징표다. 낮의 밝음이 사라진 공간, 타인의 존재를 확인할 방법이 없는 시간 속에서도 서로가 여전히 그 자리에 있음을 알리는 것이다.

나는 괴로울 때 야경을 본다. 불빛들이 모여 있는 풍경을 바라보는 것만으로도 마음이 조금은 나아지는 것을 느낀다. 어둡지만 저 불빛 아래의 누군가도 나와 비슷하게 느끼고, 생각하고, 행동할 것이라고 믿어본다. 그러면 마음이 한결 나아진다. 오직 야경만이 줄 수 있는 위로다.

엄마가
다녀간 자리

　오후 늦게 집에 들어와보니 싱크대가 반들반들 깨끗해져 있고, 비었던 냉장고가 가득 채워져 있다. 모든 게 깨끗하고 풍족한데 쓸쓸하다. 언제나 허전함이 느껴지는, 엄마가 다녀간 자리. 주무시고 간 이불만 거실에 널려 있다. 서울역에서 간식거리로 단팥빵을 사드리고 개찰구로 들어가는 엄마에게 조심히 가세요, 하고 돌아설 때는 대학교 1학년생처럼 눈물이 찔끔 났다.

　처음 서울에 올라왔던 때가 아직도 기억난다. 대학 입학식 날이었다. 기숙사에 들러 이부자리도 살펴보고 간단

한 세간을 산 다음, 엄마와는 사당역에서 헤어졌다. 엄마는 4호선을 타고 서울역으로 가시고 나는 2호선을 타고 기숙사로 돌아오던 길. 지하철 안에선 왜 그렇게 눈물이 떨어지던지 한참 바닥을 바라보고 서 있어야 했다. 듣던 대로 서울의 3월은 부산의 한겨울보다도 추웠다.

독립한 지 10년도 넘었지만 앓아누우니 엄마 소리가 절로 나온다. 병원 대기실에서 맨살이 드러난 발등이 추워 양발로 발등을 비비고 있는 나를 보고, 당장 신발을 벗어 본인의 따뜻한 발을 내 발등 위에 올려놓던 엄마.

"괜찮아."

사람 많은 대기실에서 맨발을 비비는 모녀의 모습이 괜히 민망해 발을 슬며시 뺐더니 엄마는 안 돼 안 돼 하며 손으로 내 발등을 쓰다듬었다.

해는 이미 다 져버렸는데 엄마가 널어두고 간 이불은 개기가 힘들다.

나의
복도식
아파트

중학생이 되기 전까진 복도식 아파트에 살았다. 유치원과 초등학교, 중학교가 함께 있는 대단지 아파트였다. 또래 아이들은 그 아파트 안에서 유치원을 졸업하고 학교에 입학했다. 나 역시 마찬가지였다. 단지 안에서 학교를 다니고 학원엘 다녔다. 친구들은 모두 단지 안에서 만난 아이들이었다. 가장 친한 친척인 큰이모네 역시 단지 안에 살았다.

복도식 아파트는 거대하지만 반쯤 열려 있는 세계였다. 가장 어린 아이들조차 이웃집의 사생활에 능통했다. 90년대 복도식 아파트에선 문을 반쯤 열어놓고 지내는 집들이 많았다. 복도를 지나다보면 열린 문틈으로 뜻하지 않게 흘러나오는 소리들과 마주쳤다. 어느 집 부모님이 자주 싸우는지, 어느 집 아이가 자주 혼나는지 알고 싶지 않아도 알 수 있었다. 할머니나 할아버지가 혼자 사는 집에선 문틈으로 하루종일 외로운 텔레비전 소리가 새어나왔다.

냄새는 덤이었다. 복도를 걷다보면 사람들의 체취와 습관이 만들어낸 고유한 냄새가 반쯤 열린 문 사이로 끼쳐왔다. 집집마다 다른 그 냄새에는 낯설면서도 호기심이 드는 구석이 있어, 냄새가 새어나오는 문을 닫아버리고 싶으면서도 들어가서 살펴보고 싶기도 했다.

옆집과는 정말 이어져 있었다. 801호였던 우리 집과 옆집 베란다 사이엔 얇은 가벽뿐이었다. 비상사태가 생겼을 때 쉽게 깨고 넘어갈 수 있게 만든 가벽이었다. 가벽 밑으로는 작은 물구멍이 있었는데, 우리 집 병아리들이 그 구멍을 넘어 옆집으로 자주 도망갔다. 병아리를 찾으러 가는 건 동생 몫이었다. 802호에도 우리 또래의 남매가 살아서 꽤 자주 놀러 다녔다.

802호 아줌마는 운전면허 시험에서 연거푸 떨어졌다.

어느 날인가 802호에 모여 TV를 보고 있는데, 역시나 시험에 떨어진 아줌마가 붕어빵을 왕창 사들고 돌아왔다. "내가 붙었으면 더 맛있는 거 사 왔을 건데……." 우리는 붕어빵도 너무 맛있는데 시험에 붙으면 대체 뭘 사 주실까, 하고 내심 기대했지만 이후로도 합격 소식은 들리지 않았다.

803호에는 옛날 말로 하면 식모가 함께 살았다. 이십대 중반 정도 된 언니였는데 그 집에서 먹고 자고 하면서 일을 도와준다고 했다. 지금 생각하면 사연이 궁금하긴 하지만 그땐 그러려니 할 뿐이었다. 언니는 단발머리에 수수했고 몸집도 자그마했다. 기억 속 803호 식구들 역시 항상 조용한 편이었다.

810호에는 얼굴이 하얗고 공부를 잘하는 동갑내기 여자친구 E가 살았다. E에게는 언니가 한 명 있었는데, 그 언니도 똑똑해서 공부로 소문난 집이었다. E는 어른스럽고 이지적인 분위기라 다가가기 어려운 타입이었다. 또래 친구들이 다 H.O.T.와 젝스키스로 나누어져 있을 때조차 일본 음악을 들으며 칼머리를 고수했다. 쉬는 시간에 E 쪽을 쳐다보면 마치 커튼을 쳐놓은 것처럼, 하얀 얼굴을 칼머리로 가리고 있었다. 소지품 검사에서 담배가 나왔다는 소문이 돌았는데 그마저 E의 신비로운 이미지를 증폭시켰다.

대각선 아랫집인 702호엔 역시나 동갑내기 여자친구 C가 살았다. 그 시절 복도식 아파트 사람들 중 유일하게 아직도 옆에 남은 친구다. C네 집에는 재미있고 신기한 전집 시리즈물이 많았다. 책도 많고 놀 것도 많았는데 심지어 개구리도 애완용으로 키웠다. 손톱만한 청개구리였는데 너무 작아서인지 결국 집 안에서 실종되고 말았다. (그 소식을 듣고 한동안은 놀러가지 않았다.)

당대의 게임, '프린세스메이커'를 처음 접했던 곳도 C네 집이었다. 프린세스메이커를 하다 지겨우면 바이탈 씨를 사 먹으러 동네 약국에 갔다. 약수를 뜨러 함께 가주거나 슈퍼 심부름을 같이 가주는 쪽이 바이탈 씨를 샀는데 한턱 낸다고 해도 100원이면 충분했다.

한번은 엄마 아빠가 부부싸움을 하시는 바람에 C네 집으로 놀러갔는데 그 소리가 대각선 아랫집인 C네 집에서도 지나치게 생생하게 들리는 바람에 다시 집에 가서 얘기

해드린 적이 있다. 엄마 아빠 싸우는 거 C네 집에서도 다 들린다! 충간소음이라는 개념이 본격적으로 생기기도 전, 다른 집의 소리에 무방비로 노출돼 살던 시절이었다.

잘 들리고 잘 보였던 만큼, 작은 일이라도 있으면 온 동네가 알았다. 옆 동에서 일어났던 자살소동 역시 그랬다. 타이밍도 기가 막히게, 저녁식사 시간에 맞춰 시작된 어떤 남자의 자살소동은 소방차와 경찰차가 출동하면서 온 동네의 구경거리가 됐다. 밥을 먹다 만 아이들이 뛰어나오고, 맞은편 동 주민들은 베란다에 매달려 흥미로운 듯 그 풍경을 관람했다. 다행히도 소동은 노인들의 혀 차는 소리와 함께 해프닝으로 끝났다. 오래된 복도식 아파트에선 익명의 삶이 불가능했다. 모든 소리와 움직임은 포착되기 마련이었다. 그중에서도, 우리 윗집의 소리는 더했다.

윗집 901호엔 T가 살았다. 내 동생보다 한 살 어린 남자 아이였다. 통통하던 막내 T는 유난히 에너지가 넘쳤다. 하루종일 밖에서 놀다 저녁이 되면 집에 들어와서 또 뛰어놀았다. 안타깝게도 우리 집엔 청각이 유난히 예민한 아빠가 있었다. 옆집, 윗집, 아랫집 소리와 냄새를 당연히 여기며 살던 시절이었지만 대여섯 살 남자아이의 뛰고 구르는 소리만큼은 받아들이기 쉽지 않았다. 경비실로 전화도 해보고 찾아가 읍소도 해봤지만 뛰는 아이를 막을 방법도, 예민한 청력을 무디게 할 방법도 없었다.

결국 우리 집은 바로 옆 단지로 이사를 했다. 그 아파트는 조금 더 신식이라 복도식이 아니라 계단식이었다. 이웃은 아홉 개의 옆집에서 단 하나의 앞집으로 줄어들었다. 아파트는 하루종일 조용했고 사람들은 문을 닫고 살았다. 윗집에서도 별다른 소리가 들려오질 않았다. 새 아파트로 이사하고 나서는, 더이상 이웃에 대한 기억이 생겨나지 않았다.

요즘도 가끔 긴 복도를 가진 아파트를 보면 발걸음을 멈추게 된다. 한 집 한 집을 헤아려보며 내가 살았던 그 시절 아파트를 떠올린다. 해가 지기 시작하면 긴 복도에서 아줌마들이 한 명씩 나와 아이들의 이름을 부르던 곳. 어둑어둑한 가운데 누구야 밥 먹으러 와라, 하는 소리가 들리면 같이 놀던 친구들이 하나둘 집으로 돌아갔다. 그렇게 복도에

서 안녕, 하고 헤어지고 복도에서 또 만나 놀았다. 긴 복도
를 천천히 걷고 있으면 누구네 집에선 오늘 저녁으로 뭘
먹는지, 누구네 집에선 무슨 텔레비전 프로그램을 보고 있
는지 모두 알 수 있었다. 집들의 경계는 흐릿했고, 어린 우
리들은 그 경계를 마음껏 넘나들었다.

나의 유일한 복도식 아파트는 이제 곧 재개발에 들어간
다. 유년기를 보낸 곳이라 아직도 가끔 꿈에 나온다. 꿈속
의 나는 복도를 걸으며 친구를 부르기도 하고, 오래된 동산
의 숲속에서 길을 잃기도 한다. 친근하고 다정한 것 같으면
서도 어쩐지 괴이한 구석이 남아 있는 곳.

내 작은 세계가 완전히 사라지기 전에, 꼭 한번 다시 가
보고 싶다.

날은 흐려도
모든 것이 진했던

1판 1쇄 발행 2018년 12월 20일
1판 2쇄 발행 2019년 1월 14일

지은이 박정언

편집장 김지향 **책임편집** 이희숙 **편집** 박선주 김지향 **모니터링** 이희연
그림·디자인 김선미 **제작** 강신은 김동욱 임현식
마케팅 최향모 이지민 **홍보** 김희숙 김상만 이천희 **관리** 윤영지

펴낸이 이병률
펴낸곳 달 출판사
출판등록 2009년 5월 26일 제406-2009-000034호

주소 10881 경기도 파주시 회동길 455-3
✉ dal@munhak.com
🐦 f ⓞ dalpublishers
전화번호 031-8071-8682(편집) 031-8071-8670(마케팅)
팩스 031-8071-8672

ISBN 979-11-5816-089-0 03810

• 이 도서의 국립중앙도서관 출판예정도서목록(CIP)은 서지정보유통지원시스템
  홈페이지(http://seoji.nl.go.kr)와 국가자료공동목록시스템(http://www.nl.go.kr/
  kolisnet)에서 이용하실 수 있습니다. (CIP제어번호: CIP2018039989)